兒童癌病基金
Children's Cancer Foundation

這本書所有收益
絕不扣除成本
全部捐贈「兒童癌病基金」
只因不是人人的童年
都有機會擁有
快樂而健康的時光
但願
能在他們的路上
留下被關愛的痕跡

船行八達通

黃庭桄　著

序

人生何處不 sailing

以下這一篇 writing，寫於某一個 evening，嘗試打破中英文的框框 blocking，作為本書的 opening，希望你能有所 learning。

本書結集了本人在《星島日報》的專欄 sharing，期望當中某些字某些情能令你 touching，記取某些眼淚不要 wasting，悠悠此生萬般 reading，你還未體會到活在當下的 meaning？ Are you kidding？

「坎坷過後有艇搭」這句 coding，出自天王黎明的肺腑 wording，誰的生命海沒有 storming？乘風破浪繼續 fighting，浪靜的日子很快 coming，四通八達任你 sailing，歲月會讓你找到渡頭 boarding。

閉上眼好好 thinking，人生就像一幅 painting，點點滴滴如何 coloring？還看你今天怎樣 planning？

有人怨天尤人經常 crying，有人餐搵餐食掛住 shopping，有人遊戲人間鍾情 playing，有人空談理想齋 talking，也有人努力不斷 struggling。

當時光列車在身旁高速 passing，頭上白髮告訴你青春不會 waiting，你不期然 wondering，為何幸運之神總未對你有 interesting？

前路彷彿鋪滿蕉皮令你 slipping，成功的高峰卻遠在天邊未能 climbing，莫非永遠龍游淺水無力 challenging，就像擱淺的鯨魚無法再 swimming。

想當初大手買股票當作 saving，誰知股價竟一再 falling，怎不教人 shocking ？既然捉不到高位沽貨的 timing，又經歷身家大縮水的 losing，開始看透富貴有如天際 clouding，這分鐘享受 winning，下一秒卻只剩下 nothing。

何不找一個陽光普照的 morning，走到郊外悠閒 hiking，釋放自己向對岸 screaming，再細聽小鳥無愁地 singing，俯看地上蟻群抖擻地 walking，還有風聲蟬鳴讓你 listening。抬頭放眼 looking，天上飛鳥自在地 flying，是不是很好 feeling ？

誰説人生 boring ？讚嘆大自然的 amazing，感受活着的 smiling。來吧 do something ！不要沉迷於買醉 drinking，或賴床 sleeping，想一想總有人令你牽掛 missing，總有目標讓你朝着 running，哪會怕 dying ！哪會怕 raining ！信自己是最 charming，替自己在天堂一席位預留 booking，感謝上天的 blessing，寫下無悔今生的 happy ending ！

黃庭桄

修訂於 2024 年 6 月夏至某一次 bathing

目錄

樹欲靜時

歡聲淚影

情聚情散

誰是你一千年前，踩扁過的爛桃花，欠下隔世情債？
誰又是共你在洛陽四月，一起簷下避雨的書生，
今生來為你續寫未完的小令？

看紅葉遠飛

天空泛起魚肚白了，陣陣涼風從窗外吹來了，看窗簾被掀動了，可感到秋意已悄悄襲來了？

當日、韓的樹葉開始染紅了，賞楓的興致也勃勃了，何不趁淡季起行了，旅費慳得一千得一千了，到聖誕就會貴到不得了。

歲月靜好了，看一片片葉落下了，心情彷彿也飄零了。

雖說往事如煙了，生命中總有些過客擦身遠去了，卻留下繾綣情懷忘不了。

還記得那些年的夜色把人灌醉了，月兒也笑得半彎了，那個牽手的人教你心動了。浪漫是一起將滿街秋葉踏碎了，心花含羞地怒放了。

你以為他就是一起到老的人了，如果童話有美滿的結局就好了。

當時光滴答滴答地流逝了，你開始懂了，不是每一首情歌都能唱到尾了，有花開自然有花落了，枕肩的位置一再懸空了，情傷令人變得成熟了。

隨着掌紋的感情線斑駁了，情路上人來人往了，爛桃花總是開得沒完沒了，你迷惘了，心更倦了，何時才能遇上好碼頭讓你泊岸了？

愛在深秋了，你把紅酒杯斟滿了，播放着古老情歌如泣如訴了，不禁坐在窗前懷疑人生了。

嘗透緣起了，又會有緣滅了。這次錯過了，下一回便學會珍惜了。

你以為月老把你遺棄了？情路的燈火都闌珊了？請相信那人會在遠處的楓樹下佇候了，相約你在餘生看紅葉遠飛了。

等待荷蘭豆

我有一個相識多年的老友，行年已過五十九，樂悠咭在手，獨居在錦田某村口，把丁屋豪裝成享樂私竇，生活優悠，養了三隻名種狗，也有一口田用來水耕和種蓮藕。

明知自己沒有才高八斗，他就憑一雙手，默默耕耘出小宇宙。如今錢早已賺夠，揸三層樓，收租已夠糊口，得閒開瓶限量版靚酒，驀然回首，品味大半生成就，識嘆識食好好享受。

還以為他已經乜都有，理應快樂無愁，但在富貴背後，他還是眉頭緊皺，像身處月色照不到的幽溝。

到底一生何求？原來他最想找到陪伴的女朋友，跟自己手牽手，愛到白頭，天空是雨是晴也不放手，溫馨地長相廝守。

有錢時陪他去淺水灣收樓，捱窮時一起食青豆，同甘共苦才會天長地久。哪怕最後只剩下一葉扁舟，能相愛相守便已足夠。

他拍過幾個散拖女朋友，觸電的感覺卻從來沒有。有些女仔嫌他悶到嘔，成日掛住落田等豐收；有些雖然讚他夠敦厚，實情只對成副身家係咁吼，暗藏陰謀；有些不解溫柔；有些環肥燕瘦，總是不合眼緣要求。

孤單的老友，多年來都是清風兩袖，做慣單身狗，閒時修行唸唸《大悲咒》，求神多多保佑，快些安排女神讓他邂逅，等邱比特之箭把心窩穿透，愛如潮水向君奔流。

誰是相約看漫天黃葉遠飛的某某？誰在前世為他累計了五百次回眸？誰只是擦身而過沒有停留？誰令他倚在深秋，把一串一串的淚珠黯然地流？

也許愛情像根蓮藕，深埋在泥土中靜候，總有一天會遇上傾心的荷蘭豆，炒埋一碟依偎問候，絲連情意甜在心頭。如童話的結局到底有沒有？

桃花開在何處

愛上一個人的時候，你會着迷地認定，她就是你來到人間，踏山涉水去尋找的一道動人風景。

你心頭的繁花，都為她而盛放。枝頭上的小鳥，吱吱哼唱的，彷彿全是度身訂造的情歌。

柔情蜜意，常在不覺間，從甜笑的嘴角流溢出來，這不就叫做春風滿面嗎？

然而曇花驚艷過後，不是每一個人都能留住花季。

有些愛情故事，最初出場的女孩子，你以為是生命中的女主角，誰知道還未好好深愛，便已成為過客，在年華虛度的路口，各走各的方向。

午夜夢迴時，在你的心底，可有暗藏着某個遠去的身影？就像一首由色士風奏出的藍調怨曲，曲終的餘音，迴盪成一個個感嘆號。

千帆掠過，慣見離散，人也漸倦，厭棄再在萬里滔滔江水中飄浮，你開始想找一個渡頭停泊歇息。

這時候陌路相逢的人，未必是一生中最愛，卻是在對的時間，遇上對的人。漸漸情投意合，悠悠餘生相伴，原來她正是細水長流的天涯。

日和月，無份交會，可以永世相隔。水和天，有緣的話，自能連成一色，成為醉人風景。

愛情很微妙，你就像穿越到《清明上河圖》的繁華市集，渡汴河，穿小徑，登高樓，過虹橋，人潮往來，你以為桃花開在某家閨秀的庭園裏，誰知擦身而過的某個回眸眼神，才是你前世早已播種的果報。

當身邊的一切如風

如果說，十八年後又是一條好漢，著名填詞人林振強，如今又會投胎到哪個百姓家，做個真的漢子呢？

晃眼過廿年了，二零零三年的十一月中，淋巴癌帶走了林振強。在追思彌撒上，林子祥為亡友唱出《每一個晚上》，陳潔靈獻唱《千千闕歌》，最後由張學友送上《每天愛你多一些》，全部都是林振強填寫的歌詞。

《每天愛你多一些》是林振強為兒子阿寶而寫，他憑歌寄意，希望愛妻素君和兒子都牢記着他的愛，是與日俱增。

幽默的他，跟素君拍拖的第一份定情禮物，是適逢感恩節，他駕車到美國加州探望素君時，途經路邊攤，就買了一個超大南瓜，作為示愛禮物。

二人的第一次約會，林振強送素君回家，目送她入屋後，卻遲遲未開車離開，只因他當時心情很興奮，覺得自己找到了命中注定的女神。而素君在房間的窗子，也含情偷看他走了沒有，依依不捨。

四十多年前的情人節，他們在天主教堂行禮。婚後的第一個早上，林振強比愛妻早起身，體貼地為她預備好擠了牙膏的牙刷和漱口水。愛，就在細微處流露。

愛得短暫，生死有時，林振強在醫院跟癌魔搏鬥，某天從枕頭下拿出一封信，示意愛妻回家後才拆閱。原來那天正是愛妻生日，她看得出字跡是由抖震的手寫下來。信中全是二人的相愛回憶，和衷心謝意。

愛妻馬上帶淚回傳電郵（WhatAapp還未面世）給他：「我知道在世上，我不能找到一個比你更愛我的人。」不到一分鐘，林振強回覆：「我一生的努力，都為了你這句話。」

動人的深情，是永不枯萎。

花蝴蝶

情路上，總有人花枝招展，常引來狂蜂浪蝶，在花間飛舞。也有人風捲殘雲，飄零落索，沿路只有荒廢的孤城。

世界名人的愛情故事，多是風流，卻引人入勝，當中又可會發現似曾熟悉的影子？

著名哲學家和劇作家盧梭，文風情感澎湃，帶領十九世紀歐洲浪漫主義文學的興盛，雨果、歌德、托爾斯泰等名作家，都曾公開聲稱是盧梭的門徒。

他的情路，開滿桃花，常與不同異性有染，關係糾纏不清。生命中最重要的情人，是華倫夫人。

十五歲的他，到意大利流浪，遇上跟丈夫分居的廿九歲華倫夫人，包養他到香

闈寄居，並引誘成為親密戀人，但夫人同時又與男管家有染，陷三角戀多年。

年少不知情為何物，自然不能開花結果。後來他在廿二歲，有過一個未婚妻，但在某次盛宴，對方竟然牽着另一個男人，對他攤牌：「我愛上別人了！」

飽受情傷，他選擇發憤，情人如走馬燈換了又換。三十年後，他成為了舉世知名的思想家。然而當年那個未婚妻，卻生活在潦倒中，靠親友接濟。

「我這裏有一些錢，麻煩你轉交給她，但不要告訴她是我給的，我不想她以為我是羞辱她，而拒絕接受。」他念舊情，拜托未婚妻的朋友。

「你不恨她？」朋友問。他若有所思說：「怨恨像一袋死老鼠，要丟得遠遠。若我提着死老鼠去見你，一路上聞着臭味的不是你，而是我。如果這些年我一直活在怨恨之中，我又怎樣得到快樂呢？」

懂放下，心花綻放，蝴蝶自來。

情花開，開燦爛

老夫老妻，共行情路幾十年，見盡陽光普照，也一起嘗遍狂風暴雨，由青春愛到白頭，由朝思暮想到日哦夜哦，這份情緣，用時光來見證，用心來細味。

誰值得窮一生去廝守？誰在櫻花樹下痴痴等待？誰是來討債，教你肝腸寸斷？誰是來報恩，愛得奮不顧身？

每當看到一些細水長流的故事，涓涓繾綣，綿綿情意，暖暖心頭，都會莫名的感動。

在日本九州宮崎縣，有一坡藏身於新富町民居的紫色花海，由老伯伯黑木敏幸一手打造出來，一花一草，一徑一路，都是動人情史的浪漫點綴。

黑木先生和愛妻靖子在三十年前結婚，一頁頁鄉間的平凡生活，成就了「珍珠婚」，體現婚姻如珍珠般，珍貴又美麗。

可是某一天，靖子因病失去了視力，從此變得鬱鬱寡歡，只躲在家裏，甚麼地方都不願去，變得生無可戀。

看在眼內，黑木先生很心酸，想為愛妻做點事，去令她重現歡顏。站在屋前，環視遍野綠田，他決定要在整片山坡上，種滿針葉繡球花。

捲起衫袖，日出而作墾耕，每一株花都灌溉愛意，每一方土，都埋下心思。

兩年的日換星移，他憑一己之力，成功種出一片花海，吸引了很多遊客前來觀光。最重要的是，愛妻每天都可以聞到清新的花香。在她的臉上，漸漸再度綻放久違的笑容。

有時候，兩老會靜靜地坐在長椅上，享受雲與清風，直到夕陽西下。這一幕定格，不就是最美麗的人間風景嗎？

當觀音下嫁韋陀

每逢踏入佛寺，都會在四大天王殿裏，見到韋陀天尊菩薩，手拿降魔金剛杵，擔當護法神，去護持佛法僧。

雖然你不曾見過有朋友會在家中，供奉韋陀菩薩，但關於他的神話，卻在民間流傳不少旖旎的故事，猶如韓劇中的男主角，跟女主角是如何凄美，愛到分離仍是愛。

相傳韋陀是南方增長天王旗下八將之首，在佛陀即將涅槃時，囑咐他負責護持佛法。

可能他生得高大靚仔，武藝超凡，民間總愛塑造他為愛情故事的男主角。其中一段，竟是他和觀世音菩薩的姻緣。

話說有個地方洪水為患，村民無錢修橋，觀音就化作貌美民女，坐在船上，聲稱誰能用錢掟中她，她就嫁誰。

結果引來當地的富家公子，紛紛拿出金銀掟向觀音，觀音施法，令所有金銀都無法掟中她，小船卻因此堆滿金銀，足夠用來修橋，方便村民出入。

後來呂洞賓路過，拿出一個錢幣，略施小法，交給一個叫韋陀的青年，用來戲弄觀音。

韋陀果然成功用錢幣掟中觀音，觀音無奈之下，只好答應下嫁韋陀，但韋陀必須先把橋建好，橋成之日，觀音便會下凡出嫁，信守承諾。

「我前世也是跟韋陀有夫妻之緣，如今就做一對對面夫妻，一起好好修行吧！」就是如此這般，不少佛廟的韋陀像，都跟觀音菩薩殿裏的聖像，遙距對望守護，為神話故事添上浪漫色彩。

如果一段愛情故事，真的有期限的話，會是一萬年嗎？誰才是跟你廝守三生三世的觀音兵？誰只是一杯鐵觀音，情如茶葉，越沖卻越淡？

臨離別的浪漫

有些生命很苦，匆匆幾十年命仔，都是無人無物，最後無聲無息地消逝，無人關心他曾經來過這世上。

有些卻很有福報，彷彿能預知大限，良夜靜處，吃一頓回味晚餐，梳洗乾淨後，換一套全新睡衣，臨睡前再看幾頁佛經，才含笑入睡，在夢中乘鶴西去。

如果能夠華麗轉身遠去，優雅地告別人間，彼此都不用淚眼相送，是多麼美好的事。

日本一位結婚五十二年的婆婆宮本容子，因為患了末期癌症，生命像沙漏般，倒數着死期。

臨終前，她寫了一首短詩《七日間》給老伴，道出她希望在死前一星期，每天想怎樣度過。

第一天，她想離開病房，祈求上天賜予七日健康的時光，讓她走進廚房，再煮一次老伴愛吃的餃子和咖喱。他開胃，她便滿足。

第二天，她要將未完成的圍巾織好，一針一線，都是愛。

第三天，將一些小東西整理一下，貼上便條，寫下想訴説的話，再安排誰會收下它。

第四天，跟老伴和愛犬，一起駕車出遊。兩老要手牽手，重訪當年留下足印的公園，採摘回憶。

第五天，要買十一個生日蛋糕和十一份生日禮物，為十一個兒孫開生日會慶祝，盡情歡樂。

第六天，跟閨蜜們（加埋幾百歲）過一次女生之夜，喝點酒，唱唱K，回首平生，好好話別。

第七天，她只想和老伴在牀上聽着老歌，牽手聊他們的過去，靜靜的，直到生命的最後一秒。臨離別的浪漫，繾綣動容。

天若有情

一張貼在大埔某餐廳門外的停業告示，訴說着開滿淚花的愛情故事。

「人生苦短，生老病死，無人能免。愛妻病入膏肓，求蒼天憐憫。身為人夫，責無旁貸，只想日夜相伴，望有奇迹發生。功名利祿，放諸一旁。如各賓客，不慎撲空，敬請見諒。」

一字一淚，都是店主Leo的心聲。面對無常，他無語問蒼天，只想珍惜正在倒數的夫妻共處時光。

他的二十七歲愛妻，在網上聊天室認識，隔空傳情一年，才成功邀約見面看電影。兩顆心，一拍即合，六年前拉埋天窗。

好一幅幸福砌圖，忽被襲來的風雪吹亂。愛妻發現脊骨被癌細胞侵蝕，並開始

擴散，長期發燒，食不下嚥，連醫生也表示，要有定最差的心理準備。

看着愛妻抵受着骨痛折磨，Leo寧願受苦的是自己，他只能站在一旁，愛莫能助，心痛入骨。

為了日夜陪伴，他一度在餐廳貼出告示，暫停營業，但愛妻央求他要把店好好守住，以供養兩個年幼子女。

街坊知悉這個動人故事後，紛紛在餐廳鐵閘，貼上打氣便條，送上慰問。Leo會把所有便條，都拿到愛妻的牀前，讓她一一細讀，感受人間有情。

人太渺小，有很多事，即使想在江河上，只取一瓢飲，也往往無能為力。當所有功名利祿都肯放手，Leo只剩下一個卑微的願望：

「希望可以同太太一齊睇住仔女長大。」天若有情，能如他願嗎？

三千年開花

甚麼才是天長地久的愛？

在不同的年代，有着不同的動人故事。

徐志摩的舊情人林徽因，五十年的芳華歲月，至少有三個才子深愛着她。嫁給梁思成後，卻又遇上了金岳霖，糾纏不清，一腳踏兩船之餘，跟徐志摩仍是餘情未了。

某年徐志摩坐飛機往北京，就是為了見林徽因一面，誰知道飛機失事，三十六歲就此英年早逝。林徽因後來取得一塊飛機殘骸碎片，一直收存在自己的閨房裏，睹物思故人，永恒地把對方藏在心頭。她知道，自己才是最懂徐志摩的女人。

後來金岳霖的出現，介入了林徽因和梁思成的婚姻。梁思成竟大方跟妻子林徽因表示：「如果你選擇老金，我祝你們永遠幸福。」

林徽因把這番話告訴金岳霖，金知道梁思成是真心愛林徽因，便選擇退出，並為了心中的女神，立誓終身不娶，一生只愛林徽因一人。

此愛綿綿無絕期，在西方的愛情故事，更是但願同年同月同日死。

最近在烏克蘭一條村落，發掘出一對相擁着的男女骸骨，約有三千年歷史。照片中所見，男方平躺，女方則傾向男方側躺，雙手緊搭着男方的肩膊，頭貼頭，相互凝望。

據考古學家分析，女方是自願生葬，陪伴深愛的亡夫，從此在黃土下永不分離，相擁三千年，愛得令人動容。

三千年開花，三千年結果，千轉百迴，今世他倆又會在哪一次眼神交會時，陌路再相逢呢？

一杯熱綠茶

鬼故聽很多，有些毛骨悚然，有些卻教人淒然淚下。

英國《每日郵報》有一則報道，一名任職阿聯酋航空的空姐J小姐，分享了一次在航班上為女鬼服務的經歷，背後是一段溫馨的夫妻情，信不信由你。

事源空姐J發現一位女乘客和身旁的丈夫一直都沒有用餐，於是禮貌地上前詢問女乘客：「晚安，請問你需要我為你提供一點餅乾或生果嗎？」

女乘客溫柔地拒絕，「噢！不用了，謝謝。我不想吵醒我丈夫，他才剛過完非常辛勞而漫長的一星期。」

不過女乘客還是向空姐J提出要求，「我雖然不肚餓，但我覺得很冷，麻煩你給我一張毛氈吧！」

空姐J遞上毛氈後，貼心地問那位女乘客，不如喝一杯熱茶來暖暖身子吧。

「我很好，但當我丈夫醒來時，請你為他準備一杯加了牛奶和糖的熱綠茶。」

後來當丈夫醒過來，空姐J便送來熱騰騰的綠茶，說：「先生，你太太吩咐我為你準備這杯綠茶，已經加了牛奶和糖了。」

丈夫相當詫異，問：「甚麼？你說我的妻子？」他跟空姐J說出一件事，「我的妻子上星期已經離世了，我搭這班飛機，就是要帶她返回家鄉安葬，現在她的遺體就在飛機的貨倉裏。」他不忘補充，妻子最知他的喝茶口味。

捧著熱綠茶，感受着亡妻最後的體貼關懷，怎不暖心？只是空姐J望着男士身旁的空櫈，和那一張氈子，卻已嚇得面青。

九霄雲外，距離天堂很近，雲變雨，落下淚，隔窗依依送別最後一程。茶會涼，情卻常在。

愛你如初

情人節收到的花束，早已凋謝了嗎？元宵節的湯圓，也早已消化得一乾二淨吧！那份濃情蜜意，會不會打回原形，又再平淡如水，相處流於形式？

如果愛意常在，此情綿綿，每一天都是情人節。但在這個世界，總會有些情侶的愛情故事，歷經劫難，愛到死去活來。

日本有一個二十四歲的女孩子丸山，有着甜蜜的拍拖生活，跟男友開始談婚論嫁，着手籌劃共築小家庭。

誰知在幾個月前，丸山在離開家門時，被汽車撞倒傷及頭部，幸保性命，卻患上了失憶症，忘記了過去的所有人和事，連未婚夫和父母都不認得。

兩個月後，她的病情惡化，連即日的事，都忘記得好像從來沒有發生過。每天

早上醒來，丸山的腦袋都是空白，到底自己是誰？身邊的男人是誰？身處的地方是在哪裏？統統都不知道。

未婚夫只好每一天都向丸山自我介紹一次：「你好！我是你的未婚夫，我們相愛了很多年。初相識時，你是……」每一天都是他倆愛情故事的第一頁，愛是如此青澀，沒有堆積情感。二十四小時後，又再洗牌重來。

後來醫生建議丸山寫日記，來累積記憶。啊！昨天我原來去了海邊牽手散步，很浪漫。前天跟未婚夫看過電影……丸山被未婚夫不離不棄的愛深深感動，於是向未婚夫求婚，希望能繼續幸福下去。

「最近我的頭痛越來越嚴重，有機會永遠都記不起你，你還願意跟我在一起嗎？」丸山的要求，未婚夫當然馬上答應。

忘掉天地，彷彿也想不起自己。假如愛有天意，哪怕終會有天忘掉了眼前的人，信靈犀互通，又回到初見的模樣，依然愛你。

愛在深秋

每次在社交平台，看到朋友們為了逝去的親友，寫下悼念文章，都是教人細味無常人生的故事，雖無華麗詞藻，片言隻語，卻是最動容的筆觸。

每一句，均是跟亡者一起走過的日子。每一幕回憶的歲月，都在心底烙成永恆，是金秋裏涼風吹來一樹黃葉的蕭索，也是午後陽光照遍長街的溫暖。

好友W在個人面書悼念剛逝的祖母，並上載了兩幅照片，一是其祖母的燦爛笑靨，滿頭銀白頭髮，耳垂長得像一尊佛。

另一照片是一對新人的挽手結婚照，色調泛黃，帶歷史的味道，是好友W的祖母和祖父，當年共諧連理時的留映，兩人都沒有展笑，把愛意埋在心底。拖地的白色婚紗，徐志摩式的筆挺西裝，配襯成浪漫的民國風情。

那是三十年代的愛情故事，祖母是大富之家的千金小姐，本來要經父母許配一段沒有愛情的婚姻，但她偏偏愛上了一個年輕軍官，追逐西方式的自由戀愛。

二人不理反對，誓死捍衛這段情，終於明白，為甚麼結婚合照沒有綻放燦爛的陽光，只有含蓄的甜蜜。

結婚後生下一子兩女，天倫之樂卻被戰火拆散，祖母和祖父因戰亂離散，她唯有咬緊牙關，獨力撫養子女成人，期間又經歷文化大革命，因為丈夫是國民黨軍官，父親又是資本家，被打成黑五類，祖母吃盡苦頭，箇中淒楚，不足為外人道。

好友W的祖母和祖父，歷劫餘生，久別再重逢時，已是失散後的三十多年。命運作弄，百般滋味，一言難盡，不知從何說起。

每一個愛情故事，都曾用時光悉心栽種，花開花落，有些無奈被雨打風吹去，有些卻能綠樹成蔭，讓子孫在樹下乘涼。你的呢？

夢中不相見

一名女友人幾年前喪夫，決定終身不再嫁，以亡夫和她編織的回憶，滋潤餘生的路。

一張張舊照，把歡樂的時光定格，彷彿傳來那些年的笑聲，多麼的無愁。有亡夫在，心便能定下來。

枕邊無伴後，女友人一直盼望，能在夢中重聚。可是日有所思，夜卻無所夢。

「女兒試過幾次夢見我先生，夢境有時是一起飲茶，有傾有講。有時是父女郊遊，草地上散步。反而他卻從來未有向我報過一次夢。」

女友人苦笑表示，可能亡夫知道她眼淺，萬一在夢中相見，一定會哭得死去活來，不能放下，徒添神傷。「只要他能夠在西方極樂世界活得安好，有沒有報夢，

都不重要了。」

篤信道教的她，早前從一名德高望重的道長口中，得知一個喜訊。原來道長通過扶乩，得到仙佛賜示，女友人的亡夫，剛剛投胎重回人間，是一名男嬰，將來長大後，會成為一個宗教領袖，弘揚善知識。

「我和先生能否再相見？」女友人問道長。

「你們會再相見。」這個答案，令女友人激動得當場哭了出來。

她今年芳齡五十，待男嬰二十歲時，她都已七十歲。想今生再續情緣？還看男嬰有否飲盡忘情孟婆湯了。

會不會在一個秋涼的路上，已是老婆婆的女友人，撐着拐杖，不小心弄跌手上的一袋生果，一個跑步經過的年輕人，停下來幫忙撿拾。

「後生仔，唔該晒！」就在那一刻，眼神交流，似曾相識，隔世感覺閃過一秒後，便各自往不同的方向遠去。

威士忌之父

近幾年日本的威士忌備受熱棒，「余市」、「響」，「山崎」等，均是劉伶至愛。然而不少品牌宣布旗下的單一麥芽停產，致令搶購一空，二手炒價瞬間以倍計飆升。

來到北海道，怎能不去余市這個以威士忌聞名的城市。走進余市蒸餾所參觀，一睹威士忌的製作過程，再試飲一杯，了解一下威士忌歷史，都叫人大開眼界。

我不好酒，駐足最長時間，是咀嚼「日本威士忌之父」竹鶴政孝的傳奇故事，尤以他和蘇格蘭姑娘莉塔的異地戀曲，最是動人，四年前更被拍成電視劇。

出身釀酒世家的竹鶴，年輕時遠赴蘇格蘭格拉斯哥留學，苦心鑽研威士忌和酒

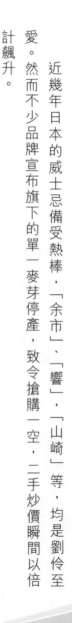

精製造方法，誓要在日本建立自己的威士忌王國。

課餘時，他兼職教日本柔道，賺取外快。其中一名男學生的醫生父親心臟病發猝死，一家人陷入經濟窘境，唯有出租家中客房幫補家計，竹鶴便成為第一個租客，令他邂逅了男學生的胞姊莉塔。

一個懷着鄉愁，一個家道中落，兩顆寂寞的心不禁走在一起。兩年後，他們決定結婚，莉塔的母親叫她三思，竹鶴的父母更強烈反對娶外國人，最終二人不顧一切離家遠走，在蘇格蘭結婚，那一年，男的二十六歲，女的二十四歲。

婚後竹鶴每天都用心研發學習得來的釀酒技術，莉塔則陪伴在旁織毛衣，有時幫忙翻譯某些英文語句。後來更嫁雞隨雞，一起到日本定居，助丈夫打江山，在余市闖出名堂。

情濃如酒，日子愈久，愈釀出醉人留香的味道。

人生若只如初見

還記得少年十五二十時，常因為一些雞毛蒜皮的事，被女伴大發嬌嗔的投訴：「我憎死你！我以後都唔會睬你！」說得聲嘶力竭，狀甚認真，眼眶浮現淚光。

那時候，傻傻的以為，噢！從此便會失去這個女孩子了。

誰知道她事後會臭罵我一頓：「你做乜唔跑上嚟追返我？點解唔做啲嘢氹返我？」

原來，「憎死你」三個字，是期待大耍一輪花槍，小風波泛過漣漪後，會是風光明媚，春風得意，背後隱然包裹着濃濃的愛。

最近內蒙古呼和浩特有一位88歲的老伯伯，因病重，躺在家中的床上，跟老

妻臨終話別。

老伯伯努力地睜開眼睛，情深款款，視線一直凝望着老妻，又伸出手，輕撫她的面龐，為她拭去淚水。他知道，這將是最後一次溫柔的觸碰。

老妻緊握着老伯伯的手，泣不成聲，更激動地說：「我恨你！怎麼就這樣拋低我？」

老伯伯又怎會不明白「恨」字的意思？即使氣若柔絲，不忘安慰老妻：「我都88歲，你也83，這下我不想走也不行了。」

這對老夫老妻，共行了一輩子，今年剛慶祝結婚64周年紀念，就在紀念日後一天，老伯伯便離開了。想當年24歲的小伙子，迎娶芳齡19的美少女，一個不為意，就白頭到老了。

有些愛情，未曾深愛，已各走異路。有些人，一旦交換眼神，便一見鍾情，相守到海枯石爛，也不分開。

任歲月荒涼，祝福你，這一生能好好愛一場。

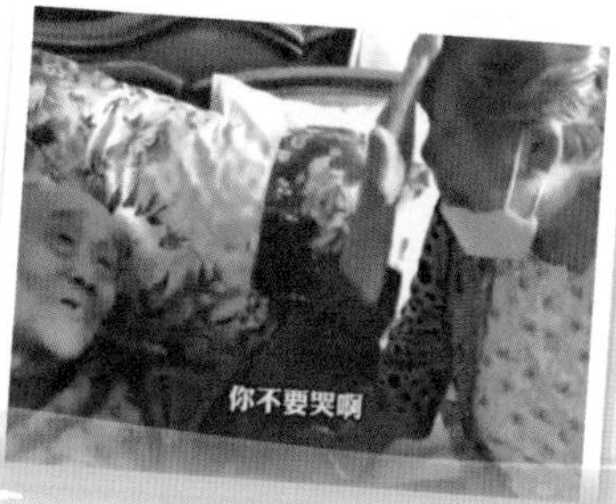

他日與君倘有未了緣

一生中，有幾多段愛情故事，是擦身錯過了，卻又永世難忘？

對《中年好聲音2》參賽者林潔淇來說，沒有開花結果的初戀故事，抓不住，但會留在心底。她參賽的歌曲，是《舊夢不須記》。

那年頭她在印刷廠認識了一個十七歲的男孩子，看過幾次電影，牽手走過不是太長的情路。由於男孩子身邊，常有女伴團團轉，她誤以為對方花心，選擇離開。

情路上兜兜轉轉，林潔淇經歷過兩次失敗婚姻，也熬過了抑鬱症、乳癌和卵巢癌，死去又活來。

那個男孩子又會不會已經兒孫滿堂，有一個長相廝守的伴侶，幸福快樂地一起老去？

幾年前，林潔淇在街上偶遇男孩子，互問近況，交換電話，男孩子告訴她，自己患上一個手尾長的病，但沒講詳情。林潔淇偶爾會致電問候，分享醫療資訊，畢竟她曾患過不少棘手的病患，算是同病相憐。

有一天，她收到一個陌生女子的來電，說是男孩子的胞妹，告訴男孩子因喉癌逝世的噩耗。在男孩子的銀包裏，找到一張和林潔淇的合照，並寫上聯絡電話。

「我哥哥即使病重，都好緊張個銀包，不准任何人觸碰，我估計你是他生命中一個很重要的人，我希望你能夠來他的喪禮，送哥哥最後一程。」胞妹還說，哥哥一直沒有結婚，可能心中始終不能忘記林潔淇。

她帶淚寫了一封情信，織了一條頸巾，放在男孩子的棺木裏，把錯過多年的情，一併火化成灰，留待下世再續。

玻璃窗的愛

由青春走到白頭，遇過不少人，愛過，恨過；忘了，忘不了，都是擦身而過的輕塵。

直到那個她的出現，抓住你的心，觸電，呆着，這是來自前世的約定嗎？怎麼明明只是初相識，卻很想一杯又一杯的咖啡喝下去，直到餐廳打烊，才不捨離座。

每一段送她回家的路，但願沒有盡頭。月色下，情意鋪成一對漸行漸近的身影。

原來之前的錯愛，是一堂堂課，讓你學懂怎麼去珍愛一個人，不用天長，餘生有她共度，嫣然一笑已是永恆。

你不知道，在下輩子能否再遇見她？孟婆的湯，可以不飲嗎？一旦牽手，你決定把握此生，要和她好好相愛，歲月為筆，在她額上，寫滿動情故事。

人生能相對幾多個十年？你為她的花季，送來奼紫嫣紅。在她的冷雨夜，你撐起一把頂着風吹的傘。

髮都白了，向晚的夕陽，映照着西去的路，是時候收拾回憶，收藏在揮手作別的衣袖裏。

還有兩年，老伯伯便九十歲了，對老妻的愛，濃情如昨。

當知道她住的慈雲山港泰護老中心，爆發染疫群組，他憂心，也無助，即使明知道中心已經謝絕探訪，他仍然每日都堅持去到院舍門外，隔着玻璃門窗探望妻子。

鶼鰈情深，遙望問候，即使彼此都老了，仍然記得，當初是如何由心動一起走到古稀。

他和老妻最終都確診了，相繼入院，他更先行一步，坐上天堂列車，為老妻留座，等待再一起看玻璃窗外繁花盛放。

花落知多少

美國有一對年輕愛侶，不幸同樣患上罕見絕症，群醫束手無策，只能作出舒緩性治療。

二人當初因同病相憐而認識，互相扶持，萌生愛意，即使醫生叮囑他們不能近距離接觸，以免出現感染併發症，危害生命，但為了愛，他們選擇豁出去。

交往兩年後，踏入二十歲時，二人結為夫婦，也許剩下的時光不多，至少可同生共死，愛在當下。

最教人動容，是妻子在行禮時，對丈夫的真情剖白：「我寧願跟你度過五年非常開心的時光，然後死亡，也不願平淡地多活二十年。」

日看雲舒，夜賞月照，他們的每一天，都當成是生命中最後一天來相處，只

有歡笑，沒有吵架，因為被負能量污染倒數的分秒，實在太奢侈和不值得。

共行二千多天後，丈夫在二十六歲病逝。相隔五天，妻子亦緊隨身後，走向天堂，為流星般的戀曲，畫下淒美的休止符。

如果愛有千斤重，重過無涯的鐵路，有人會記取車窗外的風景，慶幸身邊有一個人，可以共醉春色，飲盡秋意，由青春伴到白頭。或者，哪怕沒有天長地久。

也會有人跟火車一樣出軌，一時失去了靈魂，起了色心，在婚姻中走進更深處，才知道，自己原來敵不過試煉，成為一個「壞咗嘅人」。

在愛河的兩岸，繁花招展，只摘一株。當花漸殘，別忘了，那株花當初是如何讓自己心動。

愛是……

談情說愛，你是被月老遺落在世界一角的孤男和寡女，還是情史如煙花燦爛的老手？你希望編寫甚麼題材的愛情故事，送給自己去窮一生細讀玩味？

想有如金像電影般蕩氣迴腸，愛到死去活來，離離合合，或戰火蹂躪各散東西，或父母阻撓棒打鴛鴦，或病魔來襲生死兩茫茫，或搭上小三不忠誘罪，或一時意氣一走了之……

然後千帆過盡，才明白，有些人，一旦錯過就不再回來了；有些愛，早已飄遠在白雲外。

愛得轟烈，愛得唏嘘，走過這樣的崎嶇情路，是不是才算愛過？但，你頂得住嗎？怕不怕遍體鱗傷，已無力爬起來，不敢再去愛？

有時候，你不禁問，甚麼才是幸福？

走到公園，看到一個老公公拖著老婆婆，在樹蔭下散步，皺皮的手，震震地互牽，步履蹣跚，但目光和步伐一致。啊！這不就是幸福嗎？

有一個人跟你情深卻緣淺，即使未能相伴到老，各有歸宿，但依然一直把你刻記在心上，留在最秘密的花園，悄悄思念。啊！這不就是幸福嗎？

一桌家常菜，一碗老火湯，一碟生果，看似簡單易弄，其實是賢妻花了幾小時去預備，去用心烹製，熬著油煙，忍受高溫，一心只想着你吃得捧腹滿足的模樣。啊！這不就是幸福嗎？

其實，幸福不一定要嫁入豪門，不一定伴侶要是帥哥或美女，只要兩情相悅，真心真意，平平淡淡地相愛，平平凡凡地到老。歲月靜好，但當中有你，已經足夠。祝天天都是情人節，快樂甜蜜。

當我老了

每一次到老人院做義工，近距離接觸不少公公婆婆，我都好像見到未來的自己。

我會不會像這個目光呆滯的老伯伯，對周圍的人與事，都不聞不問，不感好奇，也不搭訕，只活在自己的世界裏？任歲月流逝，無聲倒數，活着的分秒，都是沒精打采。

伯伯偶爾向老人院職員問：「請問今天是幾多月幾多號？」聽完答案，一聲「哦」之後，又再木無表情，繼續浮游於虛空的沉思之中，一臉「世界與我又何干」的模樣。

又或者，我會變成一個食古不化的阿伯（可能我一早已經係，哈哈！），囉囉

嗦嗦，長氣得令人煩厭，總是把事物看得不順眼，指指點點，又不時和同住院舍的公公婆婆對罵，需要別人來調停。

火紅火綠的背後，其實是出於寂寞，想引起別人的關注，來尋回自己的存在價值。

每當老人院的大門打開，伯伯的視線，都會停留在門開門關之間，等待熟悉的面孔來訪，等一聲久違的溫暖問候。日復日，年復年，還是只見到落寞垂頭的身影。

到我老了，我怕會跟金魚一樣，只有六秒鐘的記憶，六秒過後，便忘記之前說過的話、見過的人，甚至連自己是誰也忘記了。

幾許浮名，多少情誼，可能再不能記在腦海中，我都可以輕拋。只想你恍如似曾相識的人，走過來問好，然後慢慢地說故事。教我知道，原來我此生也曾精彩過。精彩之處，只因路上，有過你。

忘了・忘不了

要忘記一個人，口裏説易，其實難過登天。

當某一個人像隻莽撞的海鷗，無意間闖進你的天空，帶給你一抹抹醉人的霞彩，裝飾着窗外日與夜的風景，然後慢慢出現在你的夢裏夢外，從此，他在你的生命裏，佔據了一個重要位置。

戀火，在眼神的交會間，可能只需分秒便燃起。別離，卻往往需要年年月月，才能減輕那份絞痛。

聚散有時，到了某一個花落的季節，那一隻無腳的雀仔，可能還是會拍一拍翼，頭也不回地飛去，剩下沒入雲端的身影，映入你的淚眼。

「我憎死你啊！」在你的心裏，咆哮了一萬次，可惜也改寫不到分手的結局。

你告訴自己，要永遠忘記這個「衰人」，就像把他當作一件垃圾郵件，投進資源回收桶，再按一下「清空」鍵，就可以把他忘記得一乾二淨，永遠不再出現在思憶裏。

你以為你可以，其實愈想忘記，反而愈陷心坎。

你刻意避開曾踏過足跡的地方，不重溫你曾倚他肩上看的愛情電影，不會在卡拉OK點唱屬於你倆的拍拖情歌，不再留起他送給你的毛公仔，以免觸景生情。

在每一個思潮起伏的夜晚，你彷彿在腦海裏，築起一個隔離營，把屬於他的所有印記，統統不去想不去碰不去記。一年又一年，過客如魚群來來去去，你再沒有想起他了，你真的可以徹底忘記他嗎？忘或不忘又如何？

望着窗外的花開花落，你終於會心明白，你要的是一棵可依喬木，而不是隨風遠飛的蒲公英。

紅塵漂泊

很羨慕一對朋友夫婦B和E，有着共同的宗教信仰，潛心向佛。當其他戀人的拍拖節目，是行街睇戲玩主題樂園，他倆會在難得的假日，走到佛寺做義工，為佛教活動出力，事奉僧團，菩提精進，一起肩並肩，年復年，向着成佛之路邁進。

情路上，福慧雙修，你吃素粉果，我飲齋湯，平淡中透出甜蜜，時光就在晨鐘暮鼓裏，綻開朵朵蓮花。

不是每一對戀人，都能栽種出共同信仰的果樹。有時太太拜觀音，丈夫是無神論者。又或者太太返教會，始終未能打動丈夫，投向主耶穌的懷抱。

越是親近的人，越難度，亦無得強迫，各看緣份。可能有一天，丈夫忽然被

聖經裏某段經文敲醒，令他感受到神的大愛。而太太亦可能在某次因緣際會，來到菩薩座前，姑且一試合十許願，之後願望成真，從此結下佛緣。

我聽過一段佛偈，可能是人世間最動人的浪漫情話：

「我不和你結夫妻緣，但我與你允同修梵行的諾。我若得明師，必記掛你還在紅塵漂泊。我若得度，必來度你。」

有說，這是關於迦葉尊者的愛情故事。

他生於貴族家庭，父母為他安排婚事，娶了妙賢為妻。

二人雖為夫妻，卻同樣有一顆求佛得道之心，約定「我若眠時，汝當經行。汝若眠息，我當經行。」

後來迦葉索性出家修行，把愛情昇華到了斷俗情，精進學佛，最終成為事奉佛祖身旁的兩大尊者之一，被佛祖稱為「迦葉功德，與我不異。」

問世上有幾多對愛侶，能如此互相成就？

忘不了你

漂泊在紅塵浮世，總有些人，刻骨在心底，曾經愛得撕心裂肺，卻偏偏情深緣淺，不能廝守到老，剩下隨風捲起的落索黃葉，在思憶裏翻飛，莫失莫忘。

曾幾何時，在那條長街的路燈下，好友C跟男友坐在車廂裏，談心到深宵，誰都不捨得先開口，說要歸家。

某一晚好友C細訴似近還遠的夢想，男友深知她的心早已在雲外，鼓勵她去啟航，趁年少追夢，才不負青春。

有一回他倆聽到耳熟能詳的情歌，每句歌詞，恍如度身訂造，道盡遇見後的行行足印。「這就是屬於我們的主題曲。」男友還跟好友C約定，會苦練琴技，

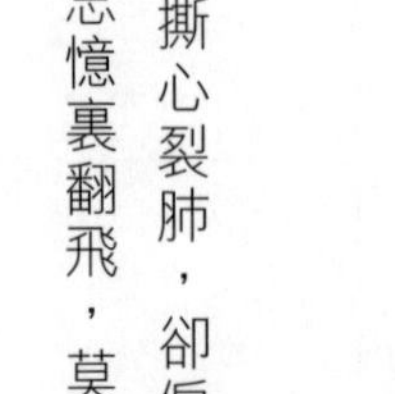

找機會為她彈奏這首歌。

他倆之間，間中會有愛是這樣甜的小玩意，像猜情尋。

「不如我們試吓猜拳，看一看能夠連續打和幾多鋪吖？」傻傻地以為，打和的次數越多，這份情就能愈長久。

食飯時猜一鋪，打和第一次。漫步海傍時再猜，打和第二次。隔天再猜，好友C出包，男友也出包，哈哈！神奇地打和第三次，或然率是二十七分之一。

是月老太頑皮吧，竟創造出難以置信的紀錄。他們在一年之間，竟能連續打和超過五十次，不禁深信，好友C可能是由男友身上拔出來的一根肋骨，情深如許，此生有着我便有着你。

可惜幾年後，一個移民潮將兩顆心分隔異地，變成一段開不了花的緣份。誰是一生中最愛？他倆都把答案留在時間囊裏，不用多年後才打開，也早已隨風飄送到彼此的心底。

命中情緣

怎能不相信，緣份都是命中注定的。

眾裏尋他，萬綠叢中，為甚麼你偏偏情傾於他？比他更靚仔、更有錢的，大有人在，你卻不合眼緣，只醉倒於他。

有時候，明明有一個情深款款的他，對你關懷備至，溫柔體貼，任勞任怨，樂做你的觀音兵，你當然感受到他的好，友達以上，戀人未滿。但，冇feel就是冇feel，你並沒有打算讓他的身份再跳一級。

你為甚麼會愛上某個他？明明你沒有心理準備拍拖，他的翩然而至，讓你遇見，相互的磁場起了神奇的變化，你開始想念他的好，他又常借故約會你，兩顆心就此靠近。

到了某一天，你的磁場越來越強大，自然會有很多事情看不順眼，三觀不合，曾經愛過的某個人，距離便越來越遠，只能成為過去式。若干歲月後，上天又會安排另一個人出現在你的世界，編寫另一個故事。

有些人，即使結婚前夾晒兩夫妻的八字，又請玄學高人擇日，選好出嫁吉時，亦跟足傳統過大禮，找來大妗姐安排儀式，説盡吉利説話，既跪地向長輩斟茶，出門口也撐起喜慶紅傘，行到上花車為止，又如何？

結局還不是離婚收場，緣盡便散，無可挽留，一切不是整定嗎？

請相信，伴你長相廝守的人，總會在你的生命中出現，要耐心等待，月老安排的愛情列車正在塞車中呢！

如果跟你無緣的人，怎樣強求，怎樣委屈自己，終會漸行漸遠。

把時間多些分給自己，不要浪費在無謂的酒局和無聊的人身上，讓自己熱愛生命的活着。你若盛開，蝴蝶自來。你若精彩，天自會安排。

想念一個人

一個人在途上旅行，如果心中沒有一個思念牽掛的人，這趟旅程，便若有所失，彷彿不夠圓滿。

試過一大班朋友到日本短遊幾天，到outlet掃貨時，閨蜜H除了狂買名牌衣物外，還會到男裝部，替男朋友選購外套襯衣和頸巾，相當貼心。

她會老實不客氣，呼喚我幫忙充當模特兒，把頸巾掛在我的頸上，試看戴出來的效果如何。然後又會叫我穿起一件件外套，「你和我的男朋友差不多身高，所以搵你試身，不過他比你靚仔得多，嘻嘻！」

反眼激氣之餘，我還是羨慕她的男朋友，即使二人短暫相隔東與西，閨蜜H在心中還是惦記着他，會為他的裝扮張羅。

你又可有這樣牽腸掛肚的一個人，在你心中預留了重要位置？

在小樽的精品店，扭動着一個又一個的小型音樂盒，這首是《藍色多瑙河》，那一首正是《給愛麗絲》，不就是他平日最愛聽的音樂嗎？你知道，他一定對這個音樂盒愛不釋手。當每次音樂響起，總會撩動他想起你的思緒。

你記得他曾經讚過，最愛飲某日本牌子的蜂蜜綠茶茶包，可是在香港總是買不到。你在橫濱街頭行逛，忽然見到有一間小店正售賣同樣的茶包，你滿心歡喜，想像他泡茶的模樣。只要他快樂，你便快樂。

入到寺廟參拜，你除了上一炷香，也不忘為遠方的他祈福，點一盞小燭燈，把硬幣投進功德箱，期望神明也扶他一把。

心中如果有一個人，便賦予了旅行的甜蜜意義，彷彿他也與自己同遊，隔空舉杯，乾掉幾日不見的掛念。小別，更勝從前。

那些我愛過的人

前世因，今世果，緣份之中又帶點玄妙。

有不少朋友都試過幫襯高人看《三世書》，八卦一下自己前三世到底是甚麼人？和伴侶以前是甚麼關係，發生過甚麼糾結交纏，來到今生要再遇再愛？

坦白講，沒有科學根據可以證明到，高人所說孰真孰假，可能吹得就吹，亂噏廿四。胡扯說前世是皇帝，客人當然沾沾自喜，我都未聽過，有人會被指前世是乞丐或動物呢！

江湖術士之流，不用太認真，只花幾百元，閒來自娛，在茶餘飯後多一個話題，平添歡樂氣氛，冇壞吖！

「阿寶，你前世原來是青樓名妓，難怪今生咁多爛桃花，冇一段情可以開花

結果……阿強，你上一世開過賭檔，終於明白點解你打親麻將都贏！」

總相信，人與人之間的相遇，相知相交，甚至相愛相守，冥冥中一定早有落墨，不是出於偶然。

有一回我看鐵版神數，大師說我這一生會遇到四個女孩子，她們都是前世受過我的恩惠，今生化成人，會出現在我身邊，前來報恩。而她們的共通點，都是名字有某個部首。

我不禁細想，和我拍過拖的女朋友，竟巧合地都是那個部首，怎麼我從來都沒有發現？那些我愛過的人，為我的情路種滿燦爛的花，待花謝了，報完恩，便轉身離去，把陪伴過餘生的重任，交給我的太太。神奇地，她的名字也是同一部首。

我告訴太太：「看來上一世我對你的恩好大，你要用一生來以身相許！」太太半步不讓駁嘴：「可能我前世犯了彌天大錯先要嫁你！」口硬，身體卻誠實，她隨手把剝了皮的橙遞給我，橙肉很甜呢！

愛是恆久忍耐

一對戀人，為甚麼會面紅耳熱地爭吵呢？

只因為遺忘。

大家都隨年月，漸漸忘記了，當初對方如何令自己怦然心動的感覺。那一個瞬間，以為是永恆，你曾經是這樣想過，對嗎？

萬綠叢中，你遇過不少異性，看過電影的，飲過咖啡的，傾過心事的，但總是未有真命天子令你過電。

一個個擦身而過的人，你從來沒有放在心上，直到那一個他，在某次飯局中，跟你初遇，然後碰杯，笑語盈盈，酒意濃濃，大家彷彿有着一世也說不完的話題。

回到家裏，拿起手機，你開始偷窺瀏覽他的社交平台，一張張動態照片，把你帶進他的生活。

你以指尖輕掃屏幕，若有所思，開始幻想如果有一天，他的照片中多了你的身影，會是甚麼的春花秋月？

在愛神的推波助瀾下，兩條各自的軌跡，開始相連在一起。你的車廂，前世可能早已為了他，在今生預留了座位，等待一起倚窗看日月星辰。

他，是你一生期盼的風景。你，是他過盡千帆的泊岸渡頭。愛意，從兩手相牽的交會掌紋，山傳水遞，流入彼此的心底。情歌，從此只為對方而唱。

那種甜蜜感覺，能歷久不退嗎？能經得起海枯石爛嗎？

當愛變成習慣，開始不再遷就，流露出真性情和脾氣，一有看不順眼，便會埋怨，口出惡言，先是小吵，繼而冷戰，冰封不只三呎。

能夠相遇，是緣份。能夠相愛，是幾生幾世種下的情根。若問鶼鰈情深的秘訣，不就是常懷「愛你如初」的心嗎？

生生世世的守護

感動人心的愛情故事，不一定要驚天地泣鬼神，也不需要走過烽火大地，依偎倖存般煽情，才叫海枯石爛。

像翁靜晶和丈夫何猷彪，相愛相守，同樣溫馨。

二零一八年的年底，兩人舉行佛教儀式的婚禮，因翁靜晶篤信佛教幾十年，丈夫十分尊重她的信仰。

而作為何東爵士曾孫的何猷彪，翌年六月，在香港聖約翰座堂再舉行基督教婚禮，翁靜晶正式成為香港四大家族之一的何東家媳婦。分別在佛祖和耶穌的見證下，這對戀人，一直都沐浴在甜蜜的氛圍裏。

每年翁靜晶生日，何猷彪都會為她慶祝。就像年前，他先替翁靜晶戴上小后冠，身掛「birthday girl 」的彩帶，切着喱士旋轉木馬造型的蛋糕，情深互望，幸福盡在不言中。

「感謝上天賜我一個守護天使，接受我一切的不完美，伴我同行人生的後段。」

近年翁靜晶致力打擊佛門敗類，更發願，生生世世輪迴，直至佛門害群之馬被消滅為止。即使犧牲自己成全大眾，也無悔。何猷彪知道太太的心跡後，告訴她，生生世世都會陪伴左右，好好保護她。

翁靜晶跟丈夫説，最後她可能會出家，因為唯有進入僧團，才可以有更強力的發言權，何猷彪説也會跟隨她。

但他信耶穌，又怎做和尚？「我會在寺院旁搭建茅舍，永遠守候和保護你。」聽着如此動人的承諾，翁靜晶哭了。

當綿羊愛上狐狸

在愛情的世界裏，你是一頭善良的綿羊？抑或心機算盡的狐狸？甚至是披着羊皮的狐狸？

一個動物版的愛情故事，是這樣的：

綿羊和狐狸，本來活在兩個不同的世界。有一天，他們在森林裏邂逅，眼神觸電，互生情愫。

狐狸愛綿羊的單純沒機心，綿羊欣賞狐狸的幽默感，情人眼裏出西施，愛在心內暖。

拍拖的日子，狐狸會陪伴綿羊，尋找長滿嫩草的綠茵草原，讓綿羊吃個痛快。

綿羊知道狐狸愛吃蘋果，又會靜靜地待在樹下，告訴狐狸：「你爬上去慢慢食蘋果啦！食飽先落嚟陪我，我去附近散步先。」知情識趣，愛得陶醉。

誰知某天死神出現，把狐狸和綿羊攔住。「你們當中，兩個只能活一個。你們猜拳吧！誰輸了，就要死！」

最後的結局是……狐狸輸了。

綿羊哭得肝腸寸斷，抱着狐狸呼天搶地說：「我哋明明講好一齊出『揼』，點解我出了『剪』時，你卻出『包』呢？」

生死關頭，爾虞我詐，不是你死便是我亡，現實就是殘酷的鬥獸場，讓你撕破別人的真面目，看清人心。

狐狸出蠱惑，以為利用綿羊的純真，可以暗算到她，誰知害人終害己。當綿羊心甘情願去犧牲自己時，以為輸定了，反而成為贏家。

其實，結局會不會有另一個看法：狐狸太愛綿羊，明知綿羊會出『剪』，自己便出『包』去救綿羊呢！這個世界，但願仍有癡心的狐狸。

分開紀念日

你試過失戀嗎？你還記得，當年治療情傷的特效良藥，是甚麼嗎？

只有時間，才能令苦沖開了便淡。

明明曾經燃起愛火，燒得熊熊。為了拍拖，可以推掉所有朋友的約會；可以在個人社交平台，洗版式天天上載甜蜜合照；可以明明不熟悉英超，又會通宵坐在伴侶身旁，為利物浦而喝采；可以朝思暮想都是他。

你以為，這一生，就是為了遇見他。

一年四季的日曆裏，你選中了某幾天的日出，是為了你倆的深情而東升。又有幾個特定的晚上，星星只照在你倆頭上閃爍。一個又一個的紀念日，被愛情灌溉了意義。

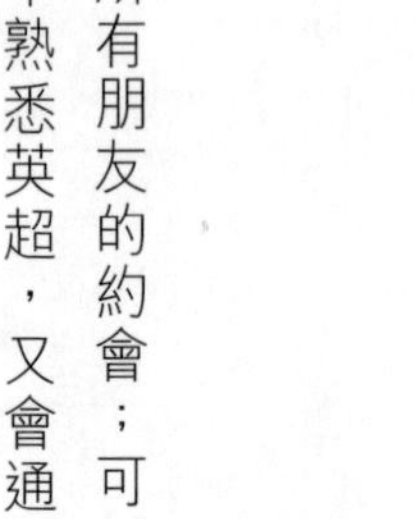

拍拖紀念日、接吻紀念日、彼此的生日、西方情人節、日本情人節、平安夜、大除夕倒數、元宵節……如果不去糖黐豆般慶祝，還算墮入愛河嗎？至少在愛中的你，是這樣想。

曾經是夕陽下的孖公仔，因為某些人或事鬧翻，背棄另一半自行走遠，剩下孤單的身影。你才體會到，失戀原來是這樣痛，淚水怎流也不完。

分開一百日、二百日、三百日……你數算着沒有了他的日子，猶如紀念國殤，度日如年。靜止的思憶，往往一有風吹草動，便會如浪翻滾。

他慣用的電話鈴聲，一旦在別人的手機響起，你以為是他來了，可是真相只有失望，傷痛只能隨時日慢慢淡忘。

直到從成熟中茁壯，歲月自會安排懂你的人，為你送上新的紀念日。

不會哭於你面前

太太知道我要出席同事的喪禮，特別從衣櫃拿出一件全黑恤衫，把上面的皺痕逐一熨走。

見我全身黑色打扮，一臉沉重，太太忽然問：「如果有一天，我死了，你會為我哭得肝腸寸斷嗎？」

我知道，我一定會哭到半死，但只會抱着枕頭，偷偷躲在沒有亮燈的房間啜泣，不會讓人看見。

我怕化作飛蛾的她見到，會不捨生前的人和情，留戀塵世，有礙往生西方淨土。

不少高僧經常開示，當一個人命終時，萬萬不能抱屍痛哭，因為在靈魂離開肉身當下，會面臨地、水、火、風四大分解。一旦有人觸碰屍身，會令亡者感到

極度痛楚，卻無力抗衡，往往容易產生憤怒之心，反為不妙。

身邊人哭哭啼啼，只會令亡者不捨，放不下家人，不能安息，接受不到生有限、死有期的殘酷現實，又何必呢？

「我當然不會喊啦！不用再受老虎乸的氣，終於甩難喎！」我用鬼臉回應太太，再加多一句，「我喊的話，可能是因為沒有加大你的人壽保額囉。」

太太沒我好氣，拿起熨斗，悻悻然轉身離開。

如果一生中，只會流一公升眼淚，除了父母的仙遊，教我死去活來，餘生的淚，都只會為深愛的人而流。

只是，我不忍讓她，看到我心如刀割地哭。

當風箏失去了風，飛翔已沒有意義。沒有寒星陪伴的秋月，只是一個荒蕪寂寞的月球星體。如果有一天，伴侶不幸先行一步，另一半沒哭，不是忘情，只是痛心得哭不出淚。

舊歡如夢

也許，在你的身邊，早已找到對的人，陪伴你一起老去。

然而在某年某日，當你在街上偶遇某個昔日同窗舊友，閒聊起近況，埋藏心底的思憶，又會重新翻閱起來。

回到家裏，從書櫃底的深處，搬出一本本鋪滿薄塵的相簿，回味那些年的你，髮型是何等薯嘜，衣着是極其娘丙，塑膠的粗框眼鏡，令你看上來，就像是一件出土文物。

大合照中的你，抖擻精神，眼神閃着盼望，還記得當年自己有過甚麼夢想嗎？事到如今，只剩下一聲失笑嗎？

那年站在身旁拍照的他和她們，踏出校門後，各自四散，走不同的路。又有

幾多人，能夠實踐得到，當年誇下海口的志向呢？

明明想成為小提琴演奏家的男班長，今天竟是保險經紀。發夢都想做明星的校花，跟老公離異，獨力湊大三名子女，變成一個肥師奶。從前訥言的閨蜜，誰會想到，把青春投放在大提琴，不時出國表演。還有早逝的鄰座同學，教你慨嘆時光匆匆，留不住情和人⋯⋯

不過照片中的某人，令你凝視良久，想得更深。他不就是情竇初開的荳芽夢嗎？課室裏，你的視線不在書本上，只管偷望他。當他也回頭跟你眼神互碰，你即紅着臉，羞澀低下頭。

作為生命中第一個暗戀對象，他今天生活如何呢？會否娶了貌美如花的太太？會像美魔男般凍齡，魅力依然？如果能夠再相見，他還會記起你嗎？舊歡如夢，合上相簿，你呷一口熱茶，思潮隨着茶香，乘風飄遠。

辣的哲學

兩口子的相處，要互相遷就，平衡中道，學習包容。

我吃東西愛清淡口味，不喜歡蘸醬汁，即使吃壽司也不用點Wasabi。反而太太則無辣不歡，愛惹味食物。

平日外出晚膳，我為投其所好，偶爾會提議到川菜館，或者點一味水煮魚，讓太太大快朵頤，但太太都會識趣地婉拒，「一個人又點食得晒成碟水煮魚喎？叫返家常小炒得啦。」

有時我會捨命陪君子，淺嘗一兩口辣子雞，即會辣到嘴唇變孖膶腸，要馬上連喝幾啖冰凍汽水解辣。我連入門版的胡椒豬肚湯，都會飲到狂咳，認真掃太太興。

因為我，太太在家下廚，都不會烹調有辣味的食物，令她這個「辣」妹，未

能大飽口福，委實過意不去。

最近看到一個真人真事：一個廣東姑娘下嫁山東大漢，姑娘飲食清淡，大漢卻嗜辣非常。

某天，姑娘回娘家吃飯，父親煮的菜鹹了一點，母親一聲不響拿出一杯水，把菜放進水裏浸一兩下才放入口。姑娘從母親的舉動，彷彿明白了甚麼。

當姑娘回家後，繼續煮大漢愛吃的菜，每道菜都放進辣椒。開飯時，姑娘的面前，多了一杯清水。

每挾一口菜，姑娘都在清水中浸走辣味，才大口大口地吃，大漢看在眼裏，自然感動。

到了第二晚，大漢主動提出由他下廚，而每一道菜，都沒有下辣椒。反而在他面前，多了一點辣椒豉油。

這一頓飯，各得其所，兩個人都吃得津津有味，都能咀嚼出愛的味道。

與其堅守個人口味，不如懂得堅守互相遷就的相處哲學，讓細水長流。

「信」是有緣

你試過寫情信給喜歡的人嗎？

放下從不離手的手提電話，拿出一張信紙，提筆，把埋藏的心事，一筆一畫，寫成一封信。

當一天裏習慣收到幾十個WhatsApp，看過不同款式的emoji公仔，忽然從信箱發現一封親筆信，那種久違的感覺，必令對方驚喜。

畢竟通過手機傳達愛意，未免太電子化，又怎給一張張信紙的質感？彷彿可以感受到寫信人暖暖的溫度，想像對方咬住筆桿，或執筆忘字，或有千言萬語，不知從何寫起。

有些不敢面對面說出口的情話，通過書信，反而可放膽暢所欲言，餘韻堪嚼。

南韓紅星車太鉉的戀愛史十分簡單，太太正是讀高中時的初戀對象。情信，在這段情上，佔了重要戲份，

當年車太鉉初邂逅太太時，一見鍾情，心裏發誓，將來一定要娶她為妻。

交往多年，車太鉉在娛樂圈愈來愈紅，令太太欠缺安全感，雙方無法妥協，太太決定遠赴美國留學，選擇分手。

車太鉉不願意放棄這段情，承諾會等她學成回來。為了維繫，車太鉉定期寫情信給她，分享自己工作的苦與樂，最重要的，當然是盡訴思念之情。

愛情長跑十三年後，終成眷屬，育有三名子女。「不要以為在一起久了，便不用經營。」車太鉉在銀包裏一直放有初交往時的合照，又常和太太模仿《我的野蠻女友》的情節，大玩猜輸包剪揼要打面的遊戲。

最近車太太寫了一封信給他，令他邊看邊流淚，信中寫道：「謝謝你一如既往地愛著我、對我好，我們以後也要像現在，不對，是要比現在更相愛、更為彼此著想，如果沒有你的話，我該怎麼活呢？」

遺忘

誰也不想，成為一個被遺忘的人。

人一走，茶便涼，還會有人記得你曾經存在過嗎？

沒有了你的公司，仍然能順利運作，一切如常。

空出來的座位，很快便會有人坐上去。你的氣味，轉瞬消散。你的曾經，不為人記住。

沒有了你的愛情故事，還能有悸動的心跳嗎？留在遠年思憶裏的初戀情人，還會坐在五月花開的窗前，驀然想起你嗎？那份青澀，抿嘴羞笑，歲月彷彿從來沒有老去，讓你隨時穿越回味。

也許有一天，你們在街角偶遇，他的眼神，仍然像星一樣閃爍。只是他可能已記不起你的名字，一臉惘然，對你似曾相識，互望幾秒後，便匆匆擦身而過。

一個曾經愛得刻骨的人，若干年後，竟然把你忘掉，失望嗎？激氣嗎？你的一切，活像火焰裏的一堆灰，從此煙消。

即使舊情不再，你仍然希望，在對方的心間，佔有一角的位置，畢竟曾經愛過，也說過最終兑現不到的誓言。

每個人，出現在這人間，一定有其存在價值。

可能是為了某人，放一場有今生無來世的煙花。或在某人背上，放下最後一根稻草。或成就某一道動人風景。或飾演某個生命故事的重要角色……

奧斯卡最佳動畫《玩轉極樂園》有一個令人反思的情節：「當亡靈被陽間所有人遺忘，便會在陰間徹底消失。」人生在世，你存在過的痕跡，想留下多少年？想留在誰的心中？

傷心酸辣粉

傷心酸辣粉、悲傷牛肉麵、黯然銷魂飯、豆腐火腩飯、忘情水……每一啖，都食到無言的唏噓，飲到千山獨行的寂寥。表面是粥粉麵飯，咀嚼的，卻是悲歡離合。

為一道餸菜命名，猶如賦予生命，意境遼闊，幾個中文字的背後，蘊藏着如泣如訴的故事。

一碗酸辣粉，邊食邊流淚，當然是因為辣到喊，大標眼水。

一旦配上「傷心」兩個字，畫面便會浮現一對情深如許的戀人，拍拖到食肆撐枱腳，一人一碗，你叫大辣，她選小辣，辣到血脈沸騰，面泛紅霞。此刻的她，最美。

她溫柔地掏出紙巾，替你抹去嘴角的辣汁，含情眼神，令你甘願長溺在愛河裏，浮漾一生。

緣聚緣散，不是每一首情詩，都能找到懂得欣賞的知音人。當情路走到三岔口，漸漸發覺對方不是自己的那杯茶，又或對方選擇轉搭另一班車，愈走愈遠，剩下你孤伶伶，獨唱失戀情歌。任你面前擺滿美食，都只是索然無味。

人面桃花，一個人走入同一間食肆，坐同一個卡位，叫同一碗酸辣粉，只會愈食愈傷心。明明都是小辣，怎麼流出來的淚水，卻恍如辣入心扉？

有些食物，年月早已注入回憶，載滿情懷。

像雲呢拿雪糕，食的，是無憂的童年時光。煨番薯，食的，是冬日暖笠笠的屋邨風味。紅豆冰，食的，是初戀甜絲絲的味道。心形牛扒，食的，是對愛情曾經有過的期盼和失落。青紅蘿蔔老火湯，飲的，是樹欲靜時的思念。

每一個人，總會有一生難以忘懷的味道，從味蕾滲透心底。明明是酸，卻覺心甜；明明是糖，有時卻食到苦澀。

冰封的愛情

流傳了二百五十五年的《聊齋誌異》，當中的狐仙鬼怪故事，哪些是虛構杜撰？哪些是真人真事？真的要問作者蒲松齡才知箇中真偽。

人死後，化成白骨，但靈魂沒有灰飛，化成神仙眷侶，離開人間，牽手乘雲遠飛，在天上繼續相愛。

又或本是蛇精狐妖，因一次誤墮陷阱受傷，為書生所救，情愫暗生，於是幻化成人，以身相許報恩。本來愛得幸福，一次高僧到訪書生家，天眼通看穿妖魅真身，棒打鴛鴦……

如此淒美的愛情故事，生死相隨，同心永結。當其中一方先走一步，剩下另一半獨對悲傷空房，窗外的雨，怎麼看都像是淚。屋內的空氣，怎麼凝固得

令人窒息？

誰都知道，人死不能復生，但還是有人不願意接受殘酷現實，會想盡千方百計去令亡者留在世上。

四年前，一名四十九歲的山東肺癌女病人展小姐，接受科學研究院的「生命延續研究計劃」，合約為期三十年。兩個月後她病逝，遺體即被安排接駁心肺復蘇儀器，再進行長達五十五小時的全面降溫，以確保細胞存活。

之後展小姐就被放入零下一百九十六度的液氮罐冷藏，等待他日醫學昌明，能治好癌症，她便會進行解凍，（一廂情願地）重新翻生過來，跟丈夫再續前緣。丈夫亦信誓旦旦說，期待將來重逢。

如果真的人死復生，三十年之後，展小姐的家人可能早已死去，世界也日新月異，她能適應到孤獨無助的生活嗎？最可笑的是，她的丈夫原來已於去年另結新歡，並辯稱：「總不能傻到在死守吧！」展小姐如果泉下有知，相信她會選擇永遠冷藏下去，不再醒過來。

心動的痕跡

總會有些異性，闖進你的天地，留下幾抹雲彩，然後就飄遠了，友達以上，戀人未滿。你曾經很想進一步，又怕連大好友情都破壞了，於是只好暗暗單戀，默默守護，始終沒有成為愛侶。

似夢迷離的關係，教你習慣在夜半失眠的寂寞時份想起他，或者聊一通電話，問：「你睡了沒有？」每當遇上開心樂事，你第一時間想分享的人，又是他。

萬一大膽示愛，你有心，他卻無夢，不但瘀死，以後的相處便會多了尷尬。勒着的情意，往往擦身而過，未能開花，像奇洛李維斯和珊迪娜布洛。

三十年前，他們合演電影《生死時速》，朝夕相對，互有好感，常傾心事，奇洛充當珊迪的的聆聽者，陪伴身旁。

拍完《生死時速》一年後，某次珊迪跟奇洛了閒聊時，隨意說出自己從未嘗過香檳和黑松露的味道。

幾天後，奇洛駕着電單車去到珊迪的屋企，送上驚喜。珊迪開門後，只見奇洛拿着一束花，還有香檳和黑松露，並溫柔地說：「可能你會想試試看究竟是甚麼味道。」

有時候，他們的相處，是女多說話，男選擇沉默，若有所思地望着她的眼睛，令她以為自己是不是說錯了話。

不過之後奇洛又會帶着小禮物到訪，附上字條：「我思考過上次你說的話……」原來他一直都有用心聆聽。

曖昧的情，一直沒有深愛下去。直到幾年前，珊迪才透露自己其實暗戀過奇洛，但一直以為自己是一廂情願。而奇洛也在訪問中承認喜歡過她，但對方似乎感受不到。

情路上捉迷藏，就此留下心動過的遺憾。

風仍是冷

你可曾遇上一個人，很合眼緣，很投契，總有説不完的話題，感覺像是相識了幾十年般親切？

每次見面，總嫌時間太短，如果能夠共醉到天亮，那便多好。到分別時，雖然若無其事地瀟灑説再見，心底卻有點莫名的依依不捨，然後各自踏上不同方向的月台，讓眷戀的感覺，隨夜風翻飛，目送漸遠的身影。

這種曖昧的關係，偏偏總是停留在某個階梯，未能再踏前一步，友達以上，戀人未滿。

回到家裏，你會回味跟他共進晚餐的時光，紅酒的葡萄味甜透了，那一客布丁甜透了，怎麼連羊扒點的薄荷醬都是甜透了？你多麼想每一餐都能如此甜入心扉。

你會偵探上身，躲在被窩裏，翻看他的社交帳戶，看他的動態消息，上載了甚麼最新照片。前一天他原來去了踢足球，昨晚跟中學舊同學聚餐……然後你又會無聊地把讚好照片的人，逐個逐個起底，猜想跟他有甚麼關係。

拿起電話，咦！他在線上喎！他會不會傳來一兩句溫柔的信息呢？何時才能等到他在「輸入中」呢？他會不會也像你一樣，此刻正在思念對方呢？

好不好摒棄封建思想，由女性作出主動呢？你情不自禁想找一個藉口跟他網上聊天，不如就問他今晚的扒餐好吃嗎？不如聊聊電影，相約一起看《九龍城寨之圍城》？不如說天氣轉冷，提醒他多穿衣，勿冷親。

可惜有時候，你還是害羞，滿有矜持，始終不敢按下「傳送」的鍵，把忐忑的思緒埋在心底。

然後，便沒有然後了。或因各有各忙，越來越少見面了。或見到在他身旁，已多了一個比你熱情開朗的身影。或者真的有緣無份，愛神把你遺留在街角，只好靜待下一次風再起時。

生死相隨的鯛魚

在日本漫遊，穿梭不同火車站，不難發現，有不少主題列車，繪上吸睛的卡通人物，為旅程注入繽紛元素。

例如到靜岡縣清水市，可以乘搭櫻桃小丸子主題列車。粉紅色的車身，繪有一大班主角人物，陪伴一起坐車，還有富士山、摩天輪和清水市街景圖案點綴。

到不同的車站朝聖，會有意想不到的驚喜。四國的黃色列車有麵包超人做主題，東京西武線有蛋黃哥坐鎮，連接大阪和福岡的山陽新幹線，則有哈囉吉蒂登場，而鳥取就可以見到鬼太郎蹤影，北陸高岡市万葉線的路面電車，藍色車身襯上紅色線條，你睇！多啦A夢嚟啦！

如果童真的心早已消逝，走入和歌山市站，會找到充滿地道日本風情的主題列車，當地以鯛魚為設計主調，因為鯛魚是加太地區的特產，傳統上有喜慶的象徵。

在列車車頭駕駛室兩側，繪有巨大的鯛魚魚眼，車廂座椅和地板，有大量鯛魚圖案，連手把拉環亦設計成魚狀、蟹和貝殼等造型。

自古以來，日本人的節慶活動，和結婚喜宴，鯛魚都是不能缺少的菜色，一來日本神話中的七福神，只有一位本土神，叫惠比壽，左手正是抱着一條鯛魚，寓意吉慶。而日語的鯛魚發音，又和「可喜可賀」類近，意頭十足。加上鯛魚是一夫一妻制，萬一其中一條被捉，餘下一條是不會逃走，生死相隨。

坐在鯛魚列車上，望望身邊人，感到愛相隨，此刻無價。

此岸彼岸

縷縷輕煙，絮絮飛花，

依依離散，是人間回眸的最後一道風景。

懷念昨天的一切

我是馬鞍山的舊街坊，住了十幾年才搬走。那些年我經常會偶遇林保怡陪着媽媽，到新港城中心或馬鞍山廣場飲茶。

我坐在鄰桌觀察，見到他不時拿出紙巾，溫柔地替媽媽抹嘴；結帳後又會跟媽媽十指緊扣逛商場，十分孝順。

此情此景，是一幅母慈子孝的溫馨天倫圖。

在林保怡未出世前，爸爸和媽媽已經是注重儀容的人，會穿西裝和旗袍，活像《花樣年華》的梁朝偉和張曼玉。

林保怡記得，他和爸爸的所有恤衫，都是由媽媽漿過熨過，而且是熨到條領有骨，「爸爸仲會用髮乳幫我梳頭。」

即使童年的家境不富裕，林媽媽會用一雙巧手，用衣車來車衫、褲、窗簾和房門布簾，「就算沒錢買玩具，媽媽會用布碎親手縫一個豆袋，裏面裝滿沙，令我好開心。」

直到一天，他驚覺媽媽老了，時光再也不能拉回來。

「有一日我陪媽媽去食魚蛋粉，她去廁所時，跌倒在地上，企不到起身，我即刻推門入去扶起她。」林保怡坦言，一度接受不到媽媽老去的殘酷現實。

二零零七年，他飛法國拍攝電視劇《珠光寶氣》，臨行前他特別叮嚀媽媽：「你一定要等我回來！」中了風的林媽媽，雖然說不出話，但堅守諾言一個月，終於等到林保怡歸來。

「她好聽話，真係等到我返來，過兩日她就走了……」鐵漢如林保怡，說到觸動處，不禁痛哭起來。

生離死別這一課，要流多少眼淚才能看透？

每周給你送花來

還以為，時間是療傷的良藥，這七年下來，郭鋒的淚痕，依然像長灘上的浪花，以為捲去了，卻又復流回來。

每年的七月九日，是其亡妻歐陽珮珊的死忌。「我們是七七年九月九日結婚，孖七孖九，誰知太太是七月九日離開，又是七和九，可能她想我永遠記住這一天。」

在西貢的愛巢裏，大廳仍擺放着二人的合照。亡妻生前的遺物，完全沒有郁動過，枕頭仍然放在原位，每夜讓郭鋒跟亡妻夢中見。

亡妻飲開的水杯，一直都放在自己的杯子旁邊。衣櫃裏的衫褲鞋襪，如舊留着，未有丟棄，他當作亡妻從來都沒有離開過。睹物，最相思。

每天外出後回家，郭鋒會對着亡妻的遺照打招呼：「嗨！我回來了。今天我

去了邊度邊度……」

隔空訴心事的習慣，是療傷的一帖藥，只是當靜下來的時候，心仍然很痛。

一個人的獨居生活，郭鋒會用亡妻買的光波爐，整叉燒，焗雞翼，令自己消磨時間，不去胡思亂想。平日又會跟亡妻的學生們聚餐，閒話家常。

「每逢到了我太太的生忌和死忌，他們一定會借頭借路約我食飯，我怎會看不穿他們的心意？」

人去，情常在。郭鋒每個星期都會到花店，買一束綻放的鮮花，去到香港仔華人永遠墳場，放在墓前，凝視碑上的照片，這麼近，卻那麼遠，偶然會不禁想到：「為甚麼上天要這麼早把她帶走？」只可惜，淚眼問花，花不語。

郭鋒的手機屏幕，仍然是他和愛妻一起外遊的甜蜜留影。銀包內還袋住在喪禮上，剪下亡妻的一撮頭髮，永記結髮之情。

未來歲月，他會繼續每周送上一束花，直到跟亡妻再聚那天。「如果將來在天堂裏重遇，我會和她相視而笑，無聲勝有聲。」

笑着悲傷

每個人初來人間報到，呼吸第一口空氣時，都是哭哭啼啼。反而圍繞在身邊的人，嘴角都帶笑，歡天喜地。

滾滾紅塵，順流逆流，夾岸盛放的繁花，終究也必枯萎，化成塵土。凡夫亦然，不能逃得過「成住壞空」的命運。

若干歲月後，告別塵世，呼出最後一口氣時，但願能不帶憾，含笑步向黃泉路。反而身邊不捨的人，卻都在哭。

在世間瀟瀟灑灑走一回，留下一件件想着想着便教人笑出來的美好回憶，這個人生，夫復何求？

台灣歌手劉若英有一個幽默爸爸劉緯文，軍旅出身，卻生性浪漫，退伍後曾

在西門町開咖啡廳，命名為「作家咖啡屋」，為那個年代文青必去的聚腳點。

劉爸爸又加入過遠洋船隊，穿梭浩瀚汪洋，開拓心中綠洲，遊歷世界，豐盛了九十二年的人生。

晚年他的身體轉差，進出醫院數次。有一次，他的心跳只有三十二下，血壓飆升，情況不妙。

劉若英守在牀畔，緊緊握着爸爸的手，擔心不已。忽然間爸爸醒過來，笑着對她說：「我剛剛去了鬼門關，到了門口時，我聽到你在罵我，我就回來了。」

劉爸爸就是如此幽默，令本來皺眉的劉若英，哭笑不得。

劉若英記得，某一年的大年初一，知道她心情低落的爸爸特別來叩門，送她一道平安符，裏面寫有兩個字：「快樂」。

「以前我總喜歡招財進寶，但這些都不重要了，女兒啊，你要快樂啊……」

點點滴滴都是愛的心跡，劉爸爸於二零年八月的悲秋季節病逝，哭過很多遍的劉若英，知父莫若女：「他現在一定在笑我，幹嘛那麼悲傷？」

離別的轉身

信步在大埔慈山寺，一呼一吸，都是洗滌心靈。偶遇的法師，或笑意盈盈，或法相莊嚴，停步閒聊，隨緣開示，都是修行路上的甘露。

慈山寺現任住持是從台灣來的法證法師，弘法利生，不遺餘力。

有時在午間的過堂飯尾聲，他總會分享一些佛理，激勵信眾不退信心，勤修戒定慧，息滅貪瞋癡，老實念佛，學習成佛之道。

五十六歲的他，俗家姓林，生於台南市。剛滿月的時候，媽媽抱他回外公家裏，在門口遇到一個老和尚，交換微笑後，老和尚對他的媽媽說：「哇！你生了一個小和尚！這個小孩將來長大後，會去當和尚。」

到了黃毛小子的歲月，有一次看相，算命師傅跟他說，他這輩子是父母無

靠、兄弟無依。時間見證，當菩提花開，了悟因果，他在年僅二十七歲時，便於高雄出家，法號法證。

遁入空門，六親都斷絕嗎？法證法師的爸爸常酗酒，喝到幾乎妻離子散，身體終於出事，患上肝癌末期。

爸爸到精舍找他，提出想和他到花蓮走走，法證法師知道這可能是爸爸最後一趟旅行，便毫不遲疑的答應。

踏足太魯閣，他把握機會幫爸爸皈依，希望他種下菩提種子。又陪爸爸到佛興寺，一起遠眺太平洋的海岸線，俯瞰吉安鄉的全景，他趁機問：「將來把你的骨灰供奉在這裏，好不好？」爸爸微笑點頭，眼神帶有一絲悲傷。

「我目送父親進入候機室的背影，心好酸，因為我知道這個轉身，是生離，也是死別！」無始劫來，生老病死苦，都在輪迴上演。

自你離開後

一個男人，喪妻後的神傷，可以用酒精麻醉嗎？可以用時間沖淡嗎？可以痛哭一場抒愁懷嗎？

當妻子梁潔華病逝後，黃日華經常自困在浴室裏，足不出戶，茶飯不思，昔日衣不解帶照顧的生活日常，一下子不用再做了，不用煲湯，不用探病，不用牀前問暖了。觸景，更傷情。

流乾眼淚，人總需要勇敢生存，黃日華再度穿起球鞋，重踏綠茵場上，流一身汗，踢一兩小時波，不再沉溺在悲傷之中。

時動時靜，他更跟女兒走進工作坊，兩父女一起學習製作韓國手工蠟燭，靜靜地專注，慢慢地解憂。

遠在荷里活，男星里安納遜（Liam Neeson）一樣是深情漢子，他的太太在加拿大上初級滑雪班時，不慎跌倒撞傷頭部，送院急救後，被判定為腦幹死亡。

他強忍哀傷，未忘愛妻的心願是遺愛人間，於是捐出愛妻的心臟、肝臟和腎臟，成功救活三個陌生人。

即使天人分隔多年，他依然掛念亡妻。有時一個人在屋企二樓睡房，聽到樓下隱約傳來開門的腳步聲，會幻想是亡妻回家了。

可惜這個場景永遠都不能發生，一想到這裏，他便拿出酒，把自己灌醉，來逃避喪妻的殘酷事實。

一醉，從來都解不到千愁。里安納遜清醒過後，選擇了接拍動作片來麻醉自己，以忘掉喪妻之痛。

他五十六歲拍《救參96小時》，六十歲拍續集，六十二歲再拍影片第三部曲，拳拳到肉，打到飛起，用汗水和血水，來蓋過了喪妻的淚水，被封為最強爸爸。

思念，化作藥水膠布，貼在傷口上，滲入心底。

笑書神俠

著名武俠小說泰斗金庸，窮十七年光景，寫下十五部驚世鉅著。若從頭十四部武俠小說的書名，抽出第一個字，便可串連成對聯：「飛雪連天射白鹿，笑書神俠倚碧鴛。」

金庸的下半生，篤信佛教，生花妙筆，常見佛理。

在《飛狐外傳》中，結語是「一切恩愛會，無常難得久。生世多畏懼，命危於晨露。由愛故生憂，由愛故生怖。若離於愛者，無憂亦無怖。」不就是看破情愛的佛偈嗎？

《天龍八部》中，不少章回的命題，都見佛味，如第十六回的「昔時因」、第十七回的「今日意」。他說過：「《天龍八部》某些部份表達了佛教的哲學思

想，就是人生大多數時間是不幸的。佛家對人生比較悲觀，人生都要受苦，不管活得怎樣好，最後總要死。佛家思想對人生真諦有深入的理解。」

他心中的一盞佛燈，何時亮起呢？源於一九七六年，金庸的十九歲長子查傳俠，在美國的大學宿舍自殺身亡，金庸傷心得幾乎自尋短見，不停問：「為甚麼忽然嫌棄了生命？」他選擇到書籍中尋求答案。

廢寢忘餐，上下求索，其中《格林童話》的一個故事，令他「覺得非常好」：

有一個媽媽喪子，向神父尋求心靈輔導。「你拿一隻碗，逐家逐戶去乞討，如果有一家是沒死過人的，就叫對方給你一粒米。當你乞夠十粒後，兒子就會復活。」

然而一路乞討，才發現，原來每個家庭都經歷過有家人死掉。那個媽媽才悟到，死亡是所有人都避免不了的事。

曾有人問過金庸：「人生該如何度過？」他用睿智醞釀成鏗鏘有力的答案：「人生就是大鬧一場，然後悄然離去。」

孟婆迷湯

捧讀民間流傳的中國神話，扉頁之間，字字流灑仙氣。滿天神佛，角色眾多，各自都可獨當一面，孭飛成為家傳戶曉的男女主角。

天庭、月宮、凌霄殿、南天門……仙跡處處，彩羽凌空，月霞幌幌，俯拾都是神仙眷屬的故事。

天上人間，今夕是何夕。你可會猜想，兩情相悅的情人，會不會是金童和玉女誤墮凡間？豪氣干雲的好兄弟，莫非是羅漢託世？

不知道華人社會是否對死亡有所忌諱，在神話故事裏，描述陰曹地府的角色，寥寥可數，往往只有閻羅王、牛頭馬面和黑白無常等。每次出場的氣氛，一定是陰森恐怖青青綠綠。

但在陰間有一個小角色，負責的工作，只是煲湯，然後給每個走過奈何橋的鬼魂飲用。有她的戲份，往往為不少浪漫淒美的愛情故事，鋪下前世今生相愛不渝的伏線。

如果要選我最喜愛的陰間女主角，她必定高票大熱當選，登登登櫈！有請龍婆——噢！不！是孟婆才對。

相傳人死後，化成鬼，走在黃泉路上，總會眷戀塵世往事，對生前的一些人一些情，依依放不下，也忘不了。

當鬼魂到了投胎轉世的時候，必須前往孟婆掌管的關卡，辦理陰間離境手續，並飲下一碗孟婆湯，以確保忘掉上一世所有記憶，才可過橋，重新換上另一個人生。

這一生，你有沒有未能忘懷的一個人，想在下世再續未了緣？心中可有一些遺願，希望投胎後繼續實現？生生世世糾糾纏纏愛愛恨恨，在孟婆眼中，都不過是一碗如夢幻泡影的例湯。

「快些飲啦！咪阻住我洗碗呀！」孟婆忙於喝斥趕住投胎的鬼魂。你可有一啖半滴沒有飲盡，留下隔世思憶，縈繫心間？

相約在天堂

獨處時，最適合思考人生。

陳敏兒喜歡一個人行山，或者漫步沙灘，看潮來浪去，靜靜的，細味幾許的喜怒哀樂。淡淡的，抖落經歷過的生離死別。

她怎能不看透無常？一個又一個至親相繼病逝，令她不得已地堅強起來，學懂生命的意義。

三十年前，跟她感情深厚的父親，在外地公幹時，突然心臟病發，從此永別，「原來生命是這麼脆弱！」這個毫無心理準備的打擊，令她花了很長時間，才能走出陰霾。

誰知雨還是繼續下，喪父十年後，她的三歲幼子文諾確診血癌，抗戰至六歲返回天家。

滿是淚痕的歲月，捱過抑鬱症，戰勝輕生念頭，她上了沉痛的一課。「我頓悟生命無常，學會堅強撐過傷心的日子，拿出勇氣面對。」

看海，會見到浪濤翻滾，永不止息，恰似人生起伏嗎？陳敏兒在二一年，更要面對摯愛丈夫廖啟智的離世，眼淚流得更多。

當智叔發現患了胃癌末期，生命竟只剩下一個月，「感覺好似有一個巨浪冚過來，有好多心底的遺憾，隨即澎湃湧現。」

陳敏兒說，她很喜歡智叔演過的舞台劇《相約星期二》，每句對白，都在教人積極度過每一天，讓人生更有意義。

喪夫後，她執拾遺物，把心一橫，將智叔所有東西，連同自己的照片，乾脆扔掉，一件不留，以免睹物思人。「人都已經不在，留低的東西，都不再重要了。」

她更灑脫地寫好遺囑，為自己影了靈堂遺照，又度好喪禮主題，連播甚麼歌曲也揀好，「交帶好晒，我便可以走得安樂。」因她知道，智叔早已在天堂，為她泡定愛喝的六堡茶靜候。

最後的微笑

在社交平台上，看到一則來自美國網友的帖子，一名叫湯姆的兒子，用鏡頭記錄了父親臨終前的照片，觸動全球不少網友，紛紛點讚，並引起共鳴，主動分享自己與家人在生離死別時的動容畫面。

而湯姆發佈的照片內容，不是父親插滿喉管臥在牀上的病容，反而是他在家人的簇擁下，有說有笑，被愛圍繞。

最重要的是，父親能夠再喝上一口最愛的冰凍啤酒，好好享受生命中最後的美妙時光。

「我們都知道他快不行了，畢竟腸癌已到了晚期。當知道他還有想喝啤酒的心願，為甚麼不馬上去買呢？」

湯姆拍下父親喝啤酒的笑容，曾想過是否應該把照片公開分享，但最後還是決定貼出去，結果令不少喪親的網友得到慰藉，不禁想起自己當日是如何與亡親度過最後時光。

能夠得知別的老人家，在去世前能一圓卑微的心願，好好享受一刻的愉快，心中很踏實。

記得在若干年前，我還是在精神病患者居住的中途宿舍工作時，我負責的其中一位舍友，被醫生驗出患有末期肺癌。

我問他還有甚麼心願，他陰濕地笑說：「我已經很多年未有再跟女人『咩』過，好想回味一下。仲有醫生嚴禁我食煙，我想食埋最後一次。」

雲雨巫山，恕我難送一程。尼古丁之願，卻是舉手之勞。都已走到人生終站，難道還怕他吸煙傷身嗎？我陪他悄悄地走到宿舍後巷，替他點起煙。隔着一個又一個的煙圈，我看到他，笑得從未如此燦爛過。

化作海底的星火

巨鯨亡，萬物生。

一條重幾十噸的鯨魚，在海面深吸一口氣後，再下潛千米深，可以在兩小時後，才浮上來同陽光玩遊戲。

這個海洋巨無霸，深海才是歸處，奈何不時會發現巨鯨在海灘擱淺而亡，欲救無從。

鯨魚生於海，死於海，一條屍體，原來可以養活一萬多個生物體，時間更可持續百年，死得相當有意義。這個死後的過程，稱為「鯨落」（Whale fall）。

當鯨魚告別人間，屍體會慢慢下沉到陽光照不進的海底，先引來一些專門食腐肉的睡鯊、盲鰻等，吃掉九成的柔軟組織。即使日食夜食，都要食足幾年

時間。

剩下的鯨魚骸骨，會慢慢變成礁岩，為不少海洋生物提供棲息地，例如甲殼類或小型無脊生物，會繼續食用殘餘的肉。

海洋中的細菌，又會吃掉鯨魚骸骨，將骨中的脂肪和油分解，製造硫化氫，創造出一個生態環境，讓近二百種生物吸取能量，存活繁殖。

一條鯨屍，貢獻良多，將生命中最後的溫柔，回饋海洋。單是「鯨落」這個名詞，已是一幕有詩意的畫面。鯨魚鼻孔噴出告別的水柱，然後從蔚藍的海面，慢慢沉落到千米漆黑深淵，死得淒美。

「我會在哪裏墜落，化作海底的星火，那是我留給你最後的溫柔，如果你會想起我！」台灣歌手林采欣有一首歌，就叫《鯨落》。

化作春泥更護花，你也想像鯨魚一樣，死後遺愛人間嗎？請登記器官捐贈，為垂危的人延續生命，重見碧海陽光。

依依離情

生離死別，從來都是最痛，心如刀割，永不止息。你以為時間是最好的療傷良藥嗎？不！即使不去記，不去想，遠逝的身影，再也沒法聽到的笑聲，其實永遠烙在心間。

特別在彌留之際，醫生告訴已經藥石無靈，任你家財數以億計，哪管你的聰明才智冠絕全球，都只能在死神面前俯首稱臣，束手無策。

「看着病重的媽媽，生命時鐘在倒數，我從來沒想過，這天來得那麼快。」藝人陳敏之陪伴着媽媽勇戰急性血癌，感到無力、無助和無奈，信主的她，適逢生日，只有一個生日願望：「祈求天父畀多一次機會，希望媽媽可以好番！」

一幕幕母女相處的快樂時光，浮現腦海，都是多麼的溫馨而溫暖，卻教人越

想越傷心。

「我好想她繼續整飯盒，讓我帶返公司食；好想她煲椰子雞湯給我飲；好想她鬧我成日飲凍嘢；好想她打電話對我日哦夜哦；好多好想好想好想……」

陳敏之在媽媽病重時，通過社交平台公開呼籲大家幫媽媽集氣，得到超過五千人留言，送上祝福和慰問。

可惜這場仗，終究敵不過無常，陳媽媽在集氣二十四小時後，返回天父的懷抱裏。臨終時，陳敏之一直拖着媽媽的手，目送她安詳地呼出在人間的最後一口氣。

「沒有你的日子，我不知道能怎樣過。」陳敏之在媽媽的耳邊，跟她說出一生不變的約定：「如果我想同你傾偈的時候，我就會望着天空跟你說，你記得記得要回應我。」

傳說每個人死後，都會化作一顆星星，照亮仍在掛念的人。陳敏之深深相信！

生死約

有些情緣，因為難得，所以會戀戀不捨，然而無常還是不容許你不放手。

一旦其中一個人先行離座上路，剩下的人，就像被遺棄在深不見底的古井裏，獨自瑟縮，再無可戀。

黑暗的盡頭，還是黑暗。從此，世界變成黑白色，星光月影不再像一首詩，斷腸字，寫滿離人淚。

相思成災，掏空的靈魂，還是會記得，在最初相遇的那一次，眼緣已合，談天說地到餐廳打烊，依然意猶未盡，熱切期待下一次約會。

揮手說再見的如花笑容，溶化了你的心，也驚動了愛情，令你想跟她走得更近。情路上，你不再寂寞了。

跨過的坎，浮沉過的浪，輾轉反側的失眠夜，聽過的掌聲，煮燶了的蛋糕，掛在眼角的淚，自拍照的貼頭鬼臉……一幕幕都是並肩共行的足跡。愛上她，就像尋尋覓覓百轉千回，終於找到最後一塊缺角，圓滿了你的生命砌圖。

當年月把擁有變做失去，你承受心如刀割的滋味，一件件故衣，都留住她的氣味。一張張照片，都把時光定格。可曾記得打趣說過：「你要比我早死啊！由我替你打點後事，獨自悲傷，你靜靜地安詳睡去便可以了。」

人世間，哪個家庭沒經歷過喪偶之痛？哪行眼淚不觸動心坎？可知道，化了灰的靈魂，如果仍然有人思念着，是多麼幸福的一回事，至少不負遇見，不枉愛過。

在天上的她，只想你好好堅強活下去，因為餘生還有很多美好的人與事，等待你去發現。如果你做傻事，是上不到天堂跟愛的人重逢，別做笨蛋！

焰裏還生一朵蓮

盂蘭時節，我通常會去不同地區，燒幾次街衣。月圓星稀，每一趟，都是回憶之旅。

「你要記住，將心比己，要選最好的祭品，不能馬虎。換了你是遊魂野鬼，如果收到臭的豆腐，和腐爛的生果，你會開心嗎？」媽媽在我的小時候，經常教導我，要尊重靈界。

當去到超級市場，我會買自己最喜歡吃的果汁糖和南乳花生，準備布施，想像遊魂在飽餐時的開胃景象。

有些人以為自己燒街衣，是有無量功德，往往會以施捨的態度，高高在上去對待遊魂，有如自己是高官去賑災似的，何必呢？

其實有些遊魂，可能是自己的多生多世父母或祖先，甚至是冤親債主，何不用恭敬的心，去善待他們，祝願他們能早日離苦得樂，往生西方淨土？

「媽，我已經做完功課，可不可以食粒瑞士糖？」媽媽總會露出慈祥的笑容，說出聽足咁多年都心甜的對白：「不能夠食太多粒，小心蛀牙喎！」

時光流轉，我的牙早已蛀得六六七七，媽媽也移民到另一空間，再沒法管束我食幾多粒糖。如今我蹲在街頭，把一粒粒糖拆開包裝紙，放在紙碟上，讓有情眾生可以聞到飄逸出來的甜味，也讓自己想念起兩母子溫馨的時光。

猜不到在若干年後的盂蘭節，我竟會接棒，承襲了這個傳統習俗，亦開始明白體會，無為布施背後的動人意義。

在化寶的熊熊烈焰中，我隱約看到火光燒出一對花的模樣。願這朵花永年綻放，讓眾生暗路見燈，渴中有水，相信陰陽兩界，仍然有慈悲種子在十方播送，仍然能找到愛和希望。

天堂郵箱

永遠訣別一個人，難免心如刀割，欲語，卻無言，說不出話來，就像靜止的空氣，凝住眼淚，把神傷的身影拉長，看不到盡頭。

這時候，人總需要找一個樹窿，把收藏在最深處的心事，盡情傾吐出來。螞蟻會偷聽嗎？樹蛾會同聲一哭，送上一首寂寞的歌嗎？

英國一名九歲小女孩Matilda，因為一直不捨得逝去的祖父母，就在火葬場設立一個戶外郵箱，然後將思念之情訴諸文字，放進信封，希望能投遞到天堂去，讓祖父母知道，她是多麼的懷念他們，多麼想送上問候，在天堂裏的生活如何？有和天使飲下午茶嗎？

這一個郵箱，竟然在一個月後，收到超過一百封信，內容都是未亡人，訴說

喪親或喪友的悲傷，不忍！不捨！不願！怎麼活生生的一個人，從此會永遠消失在眼前？

由於甚具療癒作用，火葬場的管理公司，在英國不同地區的三十六個火葬場，都仿效樹立了「天堂郵箱」，讓人即使陰陽相隔，也能找到一個紓緩沉痛心情的出口。

明知道信件根本寄不到天堂，明知道是自欺欺人，還是會心存盼望，活像童年時深信有聖誕老人的存在，會在飄雪的夜半，把鹿車停泊在屋頂，然後爬進煙囪，悄悄地把禮物放進掛在牀頭的襪子裏。天真的聖誕夜，你總帶著期盼入夢。

抬頭仰望天穹，那抹雲霞，是鹿車絕塵而去捲起的煙塵嗎？那粒閃爍的星星，一定是你一直懷念的人，正迢迢向你單眼，告訴你，信已經收到了，勿念。

作別鬼月

陰森的農曆七月，告一段落後，相傳一眾來到人間自由行的鬼魂，都要趕在月底最後一晚的十一時前，通過鬼門關返回陰間。

坐在那一班開往地府的直通車上，是不是每個鬼魂，都已經飽吃蠟燭和香，捧着脹卜卜的肚子回去呢？行囊裏都袋滿金銀衣紙嗎？

也許有些孤魂野鬼，無親無故，全年都無人奉以香火，野地漂泊，無處為家，飢寒交煎，但願他們能夠在街角的燒街衣行列中，搶得一條芽菜半磚豆腐。

盂蘭月份，日與夜都滿是思念。

早逝的魂，雖然肉身化灰，心中可能仍然記掛，家中淚別的某個人。好不容易，望穿秋水，終於等到鬼門關大開，走過陰陽路，返回曾經熟悉的屋企。

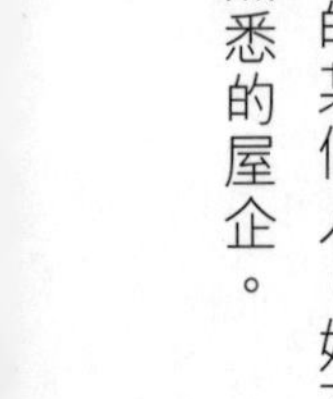

穿牆而入，他熟睡的臉龐，仍像昨日的麻甩。伸手輕撫臉上的鬚根，觸不到，卻無減愛意。撩動起一陣風，吻他臉上，輕聲說：「我們夢中相見吧！」

這個月，就是如此靜靜地，守在他身旁，陪他擠進港鐵車廂趕上班，跟他到咖啡室百無聊賴，坐他鄰座一起看電影，睡他枕邊相擁入眠。他不察覺，沒相干，此愛綿綿，無聲共處，當下已是永恆。誰會知道，下一年盂蘭，會否已到投胎時，永遠不能再遇上？

秋月如鈎，不是每一個愛情故事都可天長地久，總會有其中一人黯然先走，淚流，離愁，黃泉路上終須放手，情緣了斷之後，又會有某某在下一世為你守候。

黃昏路上

在地球上的不同角落，每天都一定會發生好人好事，讓人感恩，暖透心窩，體會到幸福並不是必然的。

就像一名在美國紐約揸的士的司機，日日夜夜接載來自五湖四海的乘客，短短一程車，可以聽到一個人的生命故事，有剛出獄的中年漢，有失業多時的大學生，有丈夫出軌兼家暴的無助婦人，有熱戀甜蜜的情侶……

該的士司機最近在個人社交平台，分享了一個老婆婆電召他的經歷，事隔多時，心情依然悸動。

他接到柯打，按地址前往接客，到達後響了幾下的士的喇叭，但沒有人走出來。致電對方多次，也沒有人接聽。

他感到不耐煩，正抱怨可能白行一趟，準備揸車離開，他決定落車按門鈴，給對方最後機會。

一會兒後，一把蒼老而虛弱的聲音從屋內傳來：「請等一下。」

當門打開後，一個約九十歲的婆婆步出，拿着一個小行李篋，司機瞥見屋內所有傢俬，都覆蓋了白布，似是準備放售。

「請你不要行高速公路，我不趕時間，希望可以望多幾眼這區的大街小巷。」婆婆溫柔地告訴司機，她此行是要去臨終安寧療養院，會在那裏走完人生最後的旅程。「醫生説我剩下的時間不多了。」

沿路上，婆婆告訴司機，那是一所和丈夫早年住過的房子，還有年輕時表演過舞台劇的劇場，和有過不少難忘回憶的戲院。有時候，婆婆會倚窗遠望，不言不語，思緒都掛在臉上。

到達安寧療養院後，司機沒有收取婆婆車資，只是上前抱緊婆婆，和她握手道別。

「你讓一個人生走到最後幾步的老人家感到幸福。」婆婆紅着眼道謝。斜陽照得滿地橙紅，此刻的風景，最美。

彼岸的油燈

這一年，我已經出席了三個喪禮，身上彷彿仍殘留着陣陣花圈的氣息，揮之不去。

送別的三位亡者，都只屆半百之年，頭髮還未花白，剛知天命。繁花似錦的下半場人生，正準備摩拳擦掌邁步之際，誰會料到，忽爾死神來了，生命話完就完，連半句道別心語，都來不及傾訴。

「做人很化學，你說是不是？」其中一位亡者的遺孀，抹拭眼角的淚水，卻抹不掉哀傷。

這個問題，是她對蒼天的無力吶喊嗎？我抿嘴無言，苦笑，讓沉默說出答案。

人死了，臭皮囊化成灰，永遠都無法再說笑話，讓你破涕為笑。你在眼淚中被

迫成長，體悟花開花落，人生無常。

像滿樹的木棉花，早春綻放，後才長葉。飄絮乘風，散落千里，便是悄然花謝時。

夏有涼風冬有雪，再等下一個花季，初蕾乍現，花香飄送，開得燦爛。循環不斷，輪輪迴迴，生命不過如此。

花開有時，感激每一場遇見。

有些人的出現，是來送上一課。有些記憶會教你難過。有些人愛得深，卻只是緣淺過客，如煙花快逝。有些守候，可以溫暖漸老的時光。

當滿地鋪上一層落花，總會有人，不情願地，踏上不歸的黃泉路，盡處也許是森然的奈河橋，兩岸開遍蔓珠莎華。每走一步，都得放下前事塵緣，拋在身後，不回頭，兩手空空，了因了果。

今天揮淚暫別，遲或早，你我總會在遙遠的國度再遇。其時，你會提起一盞油燈，為我引路嗎？

綻放的黃菊花

清明時節，或陽光普照，或見雨紛紛。無論有沒有欲斷魂的催淚氣氛，你還是會如往年一樣，拾級而上，去到山頭某個墳前，拜祭先人，追思懷緬。

雖然你的先人，生前滴酒不沾，你依然按照習俗傳統，在紙杯裏倒入米酒，先向地下奠三杯酒，再斟滿，放在墳頭。

「他會飲嗎？」你不會知道，正如在墳下的白骨，是否會知道你長途跋涉來到，向他送上一年一度的一炷香？誰又能告訴答案？

你用濕紙巾抹拭墓碑上的遺照，那張笑靨，燦爛如昨，把思憶都定格，穿越到還未經歷生死兩茫茫的那年那天，心頭一戚，你不禁低聲問：「嗨！在下面的生活如何？金銀衣紙夠用嗎？你……有沒有掛住我？我有，一直都有！」

每一次掃墓，是一次盡訴心中情的機會，先人彷彿會變成隱形人，藏匿在你身後，聽你訴說萬語千言：公司裏那個混蛋上司、人龍中那個打尖大媽、家中那頭頑皮小狗……都是你口中喋喋不休的人與事。

還有一些不能說的秘密，此時此刻，你終於找到絕對信賴的對象，可以放下戒心，和盤說出。邊插上黃菊，邊擺好生果和燒肉，你舉起樽裝綠茶，跟墓中人隔空碰杯。

你知道，將在某年某月，會於某個空間，重逢，擁抱，良久也不放開，任淚水沾濕心頭。

那時候，你不必怕沒有後人給你上香，也不用理會雜草纏滿墳頭。如果有人忽然在某一刻想念着你，那天便是清明，那處便見黃菊綻開，思憶綿綿。

知音夢裏尋

曾幾何時，我有一個做義工時相識的朋友祖哥，每一次見面，他都會說：「我今天早上，已看了你在報章的專欄。」

「真的嗎？」我半信半疑，以為是客套説話。

祖哥往往能認真地詳述我的專欄內容，「你今天寫和老虎乸的相處之道嘛！我好有共鳴，身同感受，你完全寫中了我的心聲啊！哈哈！」

男人的浪漫，不一定需要摸着酒杯底。有時候，簡單三言兩語，輕拍一下膊頭，互換微笑，便心照了。

筆耕生涯，能得一知音擁躉，天天捧場，風雨不改，其實是一件動人的韻事。

就像劍客浪跡天涯，偶到客棧把盞歇息，忽遇流氓搞事，你和鄰桌的茶客一起聯手退敵。

刀光劍影下，惺惺相惜，切磋武藝，何其痛快。將進酒，杯莫停，有酒今朝醉，然後江湖再見。

人生能醉幾回？祖哥年前忽然壯年猝逝，我的專欄，從此少了一個長期讀者，只好以筆墨為酒，向天遙祭。

不禁想起遠古的春秋時代，晉國的俞伯牙擅彈瑤琴，退隱江湖後，有一天乘船到達楚國的漢陽江口，偶遇樵夫鍾子期，子期甚為識貨，跟伯牙搭訕：「兄台，你這部琴，靚嘢喎！」

伯牙即席彈奏幾曲，子期竟能一一聽得出琴音背後的寄意，伯牙喜遇知音，即跟子期結拜成兄弟。此後一別幾年，伯牙再訪舊地，得知子期已逝，痛於墳前碎琴，大呼世上再無知音。

祖哥，我沒有碎筆，因為相信，他日在奈何橋上將可相逢，共醉千杯。

爸爸，請收信

童年，本來是一座無愁的城堡，裏面住了快樂的小公主和小王子。手裏拿着的氣球，都裝滿了愛，和天真無邪的笑聲。

可是無常的人生，就像落花，總有一瓣半瓣，會掉在某些人的頭上，揮之不去，教他們比常人，早十年廿年，嘗透生離死別的滋味。

稚子無辜，家逢劇變，爸爸或媽媽其中一人，或因病，或遇上不幸的意外，還未及親眼目睹兒女長大，戴上四方帽，再步入教堂，展開生命新一章，便告猝逝。

怎樣去告訴小朋友，他的亡父或亡母去了哪裏呢？通常大人都會編造一個美麗的謊言，訛稱搬了去雲上的天堂生活，要在若干年後，便可以一家團聚，再度重逢。

在英國有一名男童，三歲時喪父，思親之情，從來沒有退減。今年七歲的他，在爸爸生忌時，悄悄地寄了一張生日卡給爸爸，收信的地址是「天堂」。

唯恐郵差叔叔不清楚寄到哪裏，男童在信封面上，親筆寫道：「郵差先生，你能否將它送到天堂，祝賀我的爸爸生日快樂呢？謝謝！」

郵局的職員見到這封信後，感動不已，助理經理更寄了回信給男孩，讓一顆孤單的童心，得到一絲溫暖和安慰。

「這是一個艱巨的挑戰，因為在前往天堂途中，要避開很多星星和其他物體，但請放心，這個特別的郵件已經成功送達。」

郵差叔叔的舉手之勞，把男童的淚水都變成星星，掛在天上，照亮着暫未破滅的童夢。

遺愛小天使

有些生命，福緣太薄，只能在人間匆匆走一趟，未留下半片雲彩，便要閉上眼，停了心跳，就此告別塵世。

作為短促小生命的父母，可以做的，除了用淚水沖淡悲傷，還可以替寶寶遺愛人間。

美國一名只有二十二個月大的女嬰，患上呼吸系統流感，送院求診，期間出現三度心臟停頓，腦部受損，徘徊鬼門關五日後，醫生宣佈女嬰腦幹死亡。

父母替插了喉的女嬰，戴上草綠色的冷帽，帽上綴有幾朵小花，洋溢生機處處。在她枕畔，放有女嬰至愛的綠色毛公仔，蓋上花花綠綠的毛氈。

可是命運注定女嬰要返回天堂，她的父母只好承受拔喉的傷心決定。

怎樣可以讓女兒的離開變得有意義？父母決定將女兒的器官捐出，心臟和肝臟分別捐給同樣是一歲的男嬰和女嬰，腎臟則捐給一名四十一歲的婦人。

當女嬰被推進手術室，準備作最後一次手術移植器官時，二十多位醫護人員在醫院走廊兩旁列隊，唱着《Amazing Grace》向她致敬。她的父母撲上手術牀，擁着女兒親吻，作最後道別，吻了又吻，哭了又哭，悲慟地向女嬰說：「寶貝，我永遠愛你！生下你是我一生中最美好的事。你可以救活三個人！我和爸爸永遠都愛你！」

這一生的使命，小女嬰來到人間，原來是要犧牲自己，去換取三條人命能夠繼續活下去，然後又飛回天堂，做快快樂樂的小天使。Amazing Grace，how sweet the sound，that saved a wretch……

電話號碼

原來，有些電話號碼，一直很忌諱，從來都不敢撥打，卻也不會忘記。

即使電話使用者早已不在人間了，你仍然會每月繳交最低用量的台費，令號碼能繼續生效下去，聆聽到對方的留言聲音。

是至愛的慈祥亡母嗎？是依然懷念的親切爸爸嗎？是自細湊大你的白髮外婆嗎？還是不能一起老去的早逝伴侶嗎？

哪管人早已化作一縷輕煙，隨風越飄越遠，聚成雲朵，在心頭落下雨淚，其實從未有遠離過你，只是隔別在不同次元的空間，花不能再開，剩下相思成災。

每當想念時，拿出手機，期望他的WhatsApp狀態是「在線」，妄想他會送來一個「俾心心」的動感Emoji呢！

只可惜他的最後上線日子，就永遠定格在離開的那年那天那秒，從未更新。你多麼想撥打一次電話，再聽到那把熟悉的聲音，只是電話一直響，一直響……

偶然你會沒有勇氣重溫他和你的多年對話，例如「不要凍親呀，記得著多件衫……留了碗湯給你，記得入廚房飲啊……祝你生日快樂，永遠愛你，希望你鍾意我親手織的頸巾。」

溫聲軟語，多年後，仍然暖在心間，也痛入心扉。

你想着想着，會忍不住哭了起來。

你明白，人死永遠不能復生。你逃避，告訴自己要忘記悲傷，他日定會在天堂咖啡廳重遇，其時會有天使上前微笑問你倆：「Coffee Or Tea？」

某一天，當你驀然聽到他用開的電話鈴聲，從別人的手機響起，多麼的似曾相識，會教你幽幽的想念，原來自己一直有一個人，長駐心底，莫失莫忘。

忘川河

你撞過鬼嗎？你怕鬼嗎？聽到半夜敲門聲，你會驚嗎？

其實鬼的生前，不都是人嗎？你我他在死後，不也是變成鬼嗎？到底還怕甚麼鬼呢？

我們也許會怕，死後的三魂七魄，不知何去何從？勾魂使者會押解去鬼世界嗎？是不是會見到閻羅王？在他身旁，真的如神話傳說中，是牛頭馬面嗎？

如果生前作奸犯科，姦淫擄掠，相信在經過審判後，會被打入十八層地獄，永不超生，脫不出苦海。

但，如果我們有時跟父母頂嘴、亂拋垃圾、過馬路不依交通燈、對別人妒忌、常講是非、風流成性、少做善事、心懷邪念、縱慾酒色、浪費食物、惡言相向……會不會都要小懲大戒，勾脷筋落油鑊呢？

我們也會驚，下一次投胎，未必有機會做人？做鬼後不懂得向陽間的親友報夢求救，該怎麼辦……

每個靈異故事，或多或少，都關於遺忘，或者牽掛。

或是無緣出生的嬰靈，心生怨恨，不忿被爸媽忘記，於是纏擾作祟……

或是亡靈被困在某客死異鄉之地、某被謀害之處、某戀棧的居停，總是逃不出那個空間，求救無門，隨年月漸被遺忘，沒人超度，於是現身嚇人……

在生死的兩岸，開遍彼岸花，相傳是忘川河唯一的風景。與其在死後變鬼時，才追悔生前的種種遺憾，繼而鬧鬼，何不趁仍然在世，珍惜所有，活在當下，擁抱愛，傳播愛，好讓自己將來能含笑一路好走，無負此生幕幕風景。

似是故人來

在街市的菜檔小巷子裏，我赫然發現一個熟悉的身影，不就是媽媽嗎？

一襲棗紅色的暗花外衣，是媽媽慣常愛穿的衣著。及肩的灰白髮絲，長年沒染黑。佝僂龍鍾，撐杖緩行，都是媽媽晚年的步履。

怎麼會在這裏碰見媽媽呢？正想上前相認打招呼之際，忽爾清醒起來，媽媽不是已經到了天堂多年嗎？眼前人，根本沒有可能是她！

回過神來，再看清楚一點，噢！原來真的是人有相似。

莫非是久別多年，心中總暗暗奢想，如果能再見一面，你說多好！

或在某個夢醒時分，偶爾會想念某個故人，她在遙遠的另一空間，活得還好嗎？元寶蠟燭香夠食夠用嗎？何時會有機會，來到自己的夢境一聚呢？

當潛意識隱藏於心中，遇上此時此處此模樣，便會投射在某個陌生人的身上，自己呃自己，相信似是故人來。

你也試過類似的經歷嗎？如果有，可能在你的心間，一直存在着某個思念的人。

在新朋友的聚會上，誰有風度替你拉櫈？誰有着托眼鏡的小動作習慣？誰愛說少少鹹多多趣的有味笑話，眼神亦正亦邪……一幕幕，都彷彿似曾相識，都曾是你和某人共度過的情節，怎麼歷史又再重演，只是主角換了別人。

人生路上，多少個過客，多少次似夢迷離，你是某個人期待已久的風景。風景裏的你，卻在尋覓哪個人的身影呢？

天上的爺爺

這些年來，醫學界和宗教界都經常進行研究統計，探討嬰孩在出生之前的記憶，往往得出驚人發現。

在小寶寶大約四、五歲之前，他們仍然能夠記得在媽媽肚子裏的時光，甚至是未投胎之前，在天上的生活點滴，場景和遇見的天使，都是大同小異，不禁令人了解更多，人的前世今生，是輪迴不息的奇妙旅程。

台灣著名女演員隋棠，育有兩子一女。她十四歲到波蘭讀中學，後來到加拿大讀大學，選修心理學。受西方思想薰陶的她，一直相信有「胎內記憶」這回事。她總想能夠從子女身上，見證這個不可思議的都市傳説。

隋棠的大兒子在約四歲時，有一天剛睡醒，依偎在她的懷中，竟喃喃説起住在她肚子裏的記憶。

「我一直在游泳，還有睡覺，好無聊……然後看到一個洞，有好多水和血噴出去，我就從那個洞出世了。」

隋棠見機不可失，馬上追問兒子：「那麼你還沒有來到媽媽肚子的時候，你在哪裏呢？」

兒子告訴她：「我在很高很高的天空上面，跟一個很老的爺爺在一起玩。媽媽，你知道老爺爺是誰嗎？如果在雲下面的人做了壞事，他會處罰那個人的。」

然後，隋棠問了最感人的問題：「你怎麼會選擇我做媽媽呢？」

「是老爺爺選的，他說你很漂亮，就抱着我飛下來，把我放進你的肚子裏面。」兒子一臉認真的說。聽着兒子娓娓道出未出生前的自己，隋棠的心中是一陣陣感動。

天上人間，當你未投進媽媽的肚子之前，又會經歷過甚麼的故事呢？

生死懷抱

踏步古城的泥路上，敗瓦破磚，古樹昏鴉，千百年前的樹下，或許曾有一個老實樵夫，向嬌妻送上一朵初綻的丁香花，情深說：「剛才在山上見到，便摘了下來，我想像着把花插在你髮鬢上，一定很漂亮呢！」

嬌妻正搖着懷中的小娃娃入睡，臉上的冧樣，跟天色一樣泛紅。「多謝相公，你近日入樹林砍柴，千萬要小心喔！聽說有老虎出沒。」

一座座舊城，一個個老百姓的故事，隨着朝代興衰，天地變色，都淹沒在黃沙下。風掠過，幾深的足印，即了無痕。

在中國青海省民和縣，有一條喇家村，是新石器時代具有高度文明的城池，可惜遭遇接連發生的地震，引發山泥傾瀉和大洪水，將整個村落活埋，許多文物、建築群以至一具具不同年紀的屍骸，都能保存完好，成為一個極具考古價值的遺址，有「東方龐貝古城」之稱。

其中一具骸骨出土時，令現場的考古專家無一不動容。

骸骨是一名坐在地上捲曲身體的母親，在天災來臨，無法躲避死亡時，她緊緊地把孩子擁入自己的懷中，彎下身軀保護，任由巨石洪泥淹埋自己，也期望能讓孩子活下去，即使犧牲自己也在所不計。

這個至死也不願鬆開手的情景，即使如今只剩下一大一小的骸骨，皮肉早已腐化消失，仍教你我感受到，那份生死關頭也化不開的濃情。

這樣一抱，同生共死，就已四千年。靈魂穿越，花渡前世，在母親骸骨的頭上，彷彿看到一朵丁香花，映照着春暉。

送別你

甚麼是世界上最遙遠的距離？

是那一次在時代廣場跟你訣別的午飯嗎？

談及你的太太和寶貝兒子時，你眼神帶笑。當觸及病況的話題，你好像察覺到我欲言又止，反而主動提到，將來撒灰在紀念花園也不錯喔！

在電梯大堂説再見時，你轉身離開，説想逛一逛商場。而我，站在原地，甚麼也做不到，目送你被末期癌魔折磨得消瘦的身影，漸行漸遠，直到生命消失如煙塵，始終無能為力。

從此，你我的距離，是天上與人間。隔別遙遠嗎？只要把你留在心間，便如近在咫尺。

看着一個生命故事寫到最後一頁，難免傷感，難免不捨，難免奢想時光如果能夠倒流，便可讓人再愛得更深、笑得更多、活得更豐盛……

在最後的歲月裏，你放下了，接受死亡了，豁達地好好度過餘生，了盡未完的心事，見盡想親口道別的人，愛盡心中所愛，再無牽掛了。

「你已經如願以償玩盡此生。」你的遺孀，在悼念冊的字裏行間，也釋懷，替你高興。「我相信你已經化作天上的雲、星星和微風，自由自在，不再受病苦折磨。」

也許，這一刻，我們會因為失去你而感到悲傷。當時間抹乾一行行眼淚，我們將來可能會因為一首歌、一張似曾熟悉的照片、或一道舊風景，又再想念起你，記掛你的笑容，你的真性情，你的一切一切……

只要一天思念仍在，生死兩岸，根本就沒有距離。

爛泥

雖説人死如燈滅，但在中國傳統的思想中，先人落葬的墓地，如果能擇到好風水的坐向，將有助後人行好運，得享榮華富貴，世代昌盛，積福納財。

相反，如果陰宅風水不好，陰不安，陽不樂，就會影響到後人諸事不順，運滯連連，箇中玄妙，不由不信。

黃秋生在四歲時，他的英國生父Frederick William Perry拋妻棄子，剩下他和媽媽相依為命。

早年他在面書張貼了一張童年時的家庭照尋親，又接受BBC電視台的訪問，表達想再見生父的渴望，結果奇蹟出現，各方網民陸續找來了黃秋生父親下落的線索，令他跟兩名住在澳洲的同父異母哥哥，得以成功相認，並在香港初見，互相擁抱，場面感人。

「世事如棋局局新，So dramatic（太戲劇性）。」秋生當時對成功尋親，感受良多。

當得知生父在八八年前去世，他特別飛到澳洲，拜祭生父。原以為自己會在墓地上放下一束鮮花，然後輕撫墓碑，痛哭一場，誰知竟是哭笑不得的荒誕劇情。

當他向同父異母的大哥，表示想到生父的墓地拜祭，大哥卻帶秋生到屋企的後花園，指向花槽上面的一堆爛泥說：「這就是爸爸的骨灰了。」

原來當地放置骨灰有限期，期滿後再行安葬的話，收費會十分昂貴，所以大哥索性把爸爸的骨灰，撒在家中花槽的泥上。

秋生不禁啼笑皆非，只好拿出啤酒向泥上奠酒祭父。「我見到花槽嗰條坑，就知道自己點解運氣咁差，因為老竇葬得咁衰！」會否擇地再安葬？「都已成定局，生活安穩就算。」

任滿天花瓣散落這污泥，舉杯進酒，泯掉父子情仇，乾！

隨喜的感動

當一個人喪親，煎熬着樹欲靜而風不息的感慨，任旁人說幾多句「節哀順變」，都不會聽得入耳。道理，誰都會說，當親歷其悲，又會是另一回事。

睹物思人，觸景生情，思緒不斷倒帶回望，像攀藤緊纏，勒得人透不過氣，彷佛連呼吸都有害。

摀心自責，為甚麼不陪伴多一些時光？為甚麼不曾直接表達心中的愛與關懷？為甚麼當時未懂珍惜……眼淚還是禁不住缺堤般流下來。

有時候，一個擁抱，一聲保重，或一個溫馨的舉動，都勝過千言萬語，令人在眼淚中療傷。

在南韓有一個網友的媽媽，自某年三月起患病，後來病情惡化，一家人都有定心理準備。

就在媽媽臨終前十天，忽然迴光返照，食指大動，突向網友表示想吃燉雞肉和大醬湯。這個願望，當然即日已能實現。

網友記在心內，後來也想在媽媽的喪禮上，供奉這兩份食物在靈前，以表孝心。

他通過兩家不同的餐廳，為媽媽分別點了生命中最後的外賣，送到殯儀館，並特別註明：「這是亡母生前最愛的食物，麻煩送到喪禮場地的大門前，我會出來拿取。」

誰知兩間餐廳的負責人都相當有心，其中出售大醬湯的餐廳，隨湯附上一封三萬韓元的帛金，並寫下對故人的弔唁句子。另一家賣燉雞肉的餐廳，也留下一張慰問的便條，表示這份餐點完全免費，作為小小心意。

紅塵浮世，誰在不經意感動了誰？誰在裝飾了別人的窗子，為對方送上動人的星光月色，劃破黑色午夜？

樹欲靜時

媽媽教我把雞蛋放在燈泡下，
左照照，右照照，
怎麼在泛黃的燈影下，
映照出一道一道的皺紋，
刻在媽媽的額上？

來日不長

我們經常以為，來日方長，很多事情都會給自己一個藉口：「下次先啦……聽日再算啦。」

卻往往忘記了，人生原是充滿無常。到了明天，世界已經不一樣，一些事一些情，永遠都沒法可以重來了。

一晃眼，明日黃花。一葉知秋，鬢已星星也。

你可會知，媽媽冒着爐火灼熱，自困在廚房裏幾小時，把一條條青、紅蘿蔔切片，將豬腱洗乾淨，再加杞子和龍眼肉，統統放進湯煲內，以慢火為你炮製一煲老火湯。

味道試完又試，「咦，好像淡了一點。」媽媽最知你心，知道你喜歡帶甜的湯，於是放多兩粒蜜棗，繼續燉下去。

半步也不願離開熱廚房的媽媽，幻想着你咕嚕咕嚕地飲下，一碗可以令你身壯力健肥肥白白的湯，嘴角便會掛卜微笑，心滿意足，再辛苦也沒有所謂。

只是當媽媽來電問你：「今晚幾多點會回家吃晚飯呢？你經常捱夜不夠瞓，黑眼圈又大，很容易捱壞身子，我煲了老火湯給你滋潤一下。」你卻嫌煩地推卻：「我今晚約了朋友吃飯，不回來了。」

媽媽正想游說你早些回來，「咁我把湯放在暖壺內吧。」語音未落，你卻發瘟瘖敷衍，「得喇得喇！我未知道幾點返㗎！你不如下次先再煲過啦。唔講喇！我好忙呀！」隨即以九秒九掛了線，剩下失望的媽媽，獨對煲了成擔心機的老火湯。

當你習以為常，以為每一個明天，都一定會有一碗湯，放在飯桌上等待你回家，直到一天，你驚覺桌上空空如也，人去，桌空，再沒有人等你門，再也飲不到媽媽的愛心湯水，任你流幾多淚水，都喚不回三春暉了。原來，來日根本不長。

舊衣懷人

在你的衣櫃裏，會不會有一件舊衣，一直不捨得扔掉？

即使衣領殘留洗不去的黃色汗漬，款式已經過時，鈕扣也甩了線，你仍然愛不釋手，相思繾綣，教你回想起某一個早別的人，追憶起某幾段永不忘懷的流金歲月。

人去，舊衣猶在，指尖輕撫，彷彿感到當年情的餘溫。

那件藍色圓領的T恤，是你初中時期的運動制服，隸屬校內某一個社。

你穿起它，拿起草球，在運動場上做啦啦隊。身旁的女同學，回眸跟你淺笑，那一瞬間，你不用等到橫風橫雨，也知道觸電是甚麼感覺。

同一件社衣，不就是情侶裝嗎？同步的路，漸行漸近，圖書館自修，放學篤魚蛋，談彼此理想，戲院裏甜吻，長夜電話粥……原來談戀愛是這麼一回事。

人大了，漸漸明白，有些情，終究留不住，睹物思人，至少能留住懷念的溫度。

一名日本女網友發現，爸爸總是愛穿着一件綠衣黃領的殘舊T恤，即使有些位置破爛了，爸爸縫補過後，還是繼續穿。

直到最近她翻看舊相簿，才發現那件衣服，原來是爸爸當年跟媽媽到威尼斯度蜜月時，所穿着的情侶裝。爸的是綠衣黃領，媽的是黃衣綠領，一對璧人，濃情蜜意。

女網友的媽媽，不覺間已離世十八年，但爸爸沒有再婚，獨力把女網友撫養成人。「爸爸說，當穿上那件衣服，便能回憶起和媽媽過去的時光。」人雖去，情長在，愛是永不止息。

舊事物充斥空氣內，總相信，會有一件衣物，藏在衣櫃深處，留住你愛過或被愛過的氣味。

成長的背影

曾幾何時，女兒就讀幼稚園的時候，我管接管送，將女兒送進班房，叮嚀幾句要聽老師話，吃茶點時，要用濕紙巾抹乾淨隻手，她總是嫌我囉嗦，催促我快點離開。

看着她跟我揮手作別後，即熱情地和鄰座的同學仔有講有笑，眼尾都不再瞄我，我知道可以放心離去了。

到放學的時候，她挽着小書包跑出來，一見到我便撲上前，讓我抱起她，聽她絮絮地分享這天的上堂點滴，同學寶珍不小心倒瀉牛奶，震宇則在上堂時掛住傾偈，被罰扭耳仔，喜華老師教唱了一首新兒歌……

升上初小，依然是我接送上學，不同的是，我不再牽着她的小手步進校園，只是目送她的背影跑進盡是穿上校服的人海裏。那條孖辮，那張回眸淺笑的可愛臉蛋，是她成長路上，有我同行陪伴的痕跡。

誰知到了高年班時，她彷彿覺得我是一個阻頭阻勢的人，不再願意讓我曝光，往往要求我在遠處的街角等她，我不禁自問：「我會失禮人嗎？同學仔見到我，會恥笑女兒嗎？」百思不得其解，只好尊重她的意願，唯有嘆句：她開始長大了，會走自己的路，不再想父母在身旁監護了。

同樣的遭遇，球星碧咸最近也深深感受過。

育有三子一女的碧咸，卸下球衣後，會化身暖爸，每天駕車接送孩子們上學或上班。

誰知近日小女兒「哈七」坐碧咸的車子上學時，竟然對他說：「爹哋，你可以讓我在離學校遠一點的地方下車嗎？」

這樣的一句話，傷透了碧咸的心，他驚覺女兒開始介意別人的看法，不想同學仔見到他，因為那天他穿着得太隨便，女兒怕失禮。

這樣的心酸情節，哪個父母沒有經歷過？

雞包仔的情味

你可曾試過，外遊住酒店時，浴室裏提供的洗頭水，飄逸出來的氣味，那麼似曾相識。清新的蘋果味，不就是當年某個女朋友，最鍾情的一款嗎？

搓揉到一頭泡，像推開腦袋的大門，閃現出一幕幕以為早已抹掉的回憶。早知道好好用心去愛，早應該投放更多時間，早明白今日的結局，是無法改寫。

洗頭水把雙眼澀得張不開，流滿一臉神傷。曾經你不再買蘋果味的沐浴產品，以為不觸碰，便不會痛、不會想起。

同行的人，換過不少；不同的髮絲，散發不同氣味，你還是最愛青澀的蘋果味道，很pure很true。

你又可曾在酒樓飲茶時，看到鄰座的婆婆呷白開水，拿起雞包仔慢慢嘆。那個手勢，那種神態，怎麼跟逝去的媽媽一模一樣？

如果她還在，她一定會喋喋不休地，跟爸爸閒話家常，不忘把熱辣辣的雞包仔，撕去底部的一層紙，溫柔地遞給你：「快啲趁熱食啦！」

那是你每個星期日最期待的時光，不用吃鮑參翅肚，簡單一盅兩件，就是最令人快樂的味道。坐在媽媽身邊，你可以肆無忌憚，做一個永遠長不大的孩子。

某種淡忘的氣味，是一段刻骨銘心的戀情。某啖吃不回的味道，是千金難買的親情。某個名字，是押錯注的傷疤。某個卡通公仔，是同度風雨和陽光的吉祥物。

某一夜，當思緒撩動，原來很多人很多情，早已隨風掠過。

一念天堂

荷里活電影《王者世家》，講述網球壇一對姊妹花「大細威」的勵志故事，她們的爸爸李察威廉斯在女兒出世後，已立志栽培成材，讓她們脱貧，改變黑膚色的宿命。

這個暖爸，場內場外，無時無刻，都是一家人的強大後盾，堅定信念，激勵向前，扭轉劣勢，常懷夢想，帶領「大細威」衝出康普頓貧民區，走上大滿貫的冠軍舞台。

李察威廉斯的角色，由韋史密夫飾演，不用懷疑，一定演得溫馨細膩。不過説來諷刺，他自己的成長歲月，卻沒有體會得到如此動人的父愛。

童年時見到的，卻是父親對母親拳打腳踢的家暴，這道不快樂的童年陰影，長年都揮之不去。

酗酒的父親，愛以暴力對待別人，承受得最痛最苦的人，是韋史密夫的母親。

在九歲那年，他就親眼目睹父親一拳打在母親的腦側，母親應聲倒下昏迷，口部還吐血。韋史密夫當下暗自立誓，將來一定要替母親復仇，好好教訓父親。

其後父母分居，在二十一年前正式離婚，韋史密夫跟父親仍有聯絡。到父親患上癌症後，他肩負起照料父親的責任。

心中的魔鬼，有時會閃現心頭。有一次，他在家中用輪椅推着父親，由睡房去到浴室。兩房之間會經過一道樓梯，到了樓梯口時，不禁想起童年時種種不愉快片段，忽然生起殺機念頭，不如將爸爸推下樓梯，替母親出啖氣。

理智最終戰勝怨恨，他選擇原諒，珍惜兩父子剩下不多的時光。於是他搖搖頭，把父親直接推到浴室，不再復仇了。本來一念地獄，轉念便是天堂。

星閃的晚上

在孩提時代，你一定會從爸媽的口中，聽過不少言之鑿鑿的傳説，有些是來自飯桌上的唬嚇，有些則教你對未來充滿盼望。

每當吃飯時，你未有把飯碗裏的粒粒白飯扒光，爸爸準會告訴你：「你知道嗎？一個人如果吃剩咁多飯粒，一點一點，黏在碗裏，將來的伴侶，一定會是豆皮，塊面十足像月球表面囉！」

明明娶妻求淑婦，不知何解，自小會被灌輸以貌取人的思想。但年少無知，傻戇的你，又會被哄騙上當，馬上三扒兩撥把剩飯吃光。

還有吃香口膠的「恐怖」警告嗎？爸爸會煞有介事説：「你要小心一點吃，萬一吞了落肚，香口膠會把你的所有腸道黏連在一起，到時候會死㗎！」你不是醫生，又會信到十足十。

有時候夜裏凴窗，偶爾見到流星滑過天幕，媽媽會叫你馬上閉目許願，「從前有個傳說，只要一見到流星，你許的願，便一定能夠實現。」

是上帝或觀曾或希臘古神在背後發功嗎？天曉得，但一顆從太空隕落的石頭，能送上一個盼望，教你相信，在天上有個躲起來的主宰，會聆聽你的心聲，然後將在某一個午後的初冬，圓你夢，是不是覺得活着多好呢？

長大後的你，遇上不如意，滿懷心事時，只要翹首望天，星光下的你，已學會多了一份等待。

媽媽曾説過，當她離開人間，會變成一顆小星星，繼續照亮着你的每段路。月換星移，今夜你可會見到某顆星，正在閃着慈愛的微笑？

離巢的雛燕

送子女到外國升學，是一趟淚花綻放的旅程。

難離難捨，擁抱過後，不願放手，最終還是要目送子女的背影，獨自走向校園宿舍的大門。

揮手話別，強忍淚水，往後的日子，子女便要獨上征途，自己照顧自己了。他可以應付得來嗎？能結交到新朋友嗎？會不會吃不慣西方膳食，水土不服呢？一個人面對幾年的寂寞夜晚，能睡得好嗎？怕不怕言語不通，課程跟不上呢？

父母的行李裏，總是充滿一連串擔心的問號。

畢竟在過去十多年來，子女都是一朵溫室中成長的小花，在父母遮風擋雨下，吃得飽，穿得暖，不用憂柴憂米。

「媽咪呀！我條頸巾喺邊度啊？搵唔到嘅……有甲由呀！阿爸，快啲幫我捉走佢啦……我間房個天花燈壞咗，爸爸可唔可以幫我換燈泡啊……」

習慣了被父母照顧的子女，去到異鄉，人生路不熟，一旦遇到甚麼疑難，再沒有父母在旁伸出援手，是時候學習獨立了。就在一次又一次的跌跌碰碰中，子女會在不覺間茁壯成熟。

不過在父母的眼中，子女永遠都是自己的小寶寶。

「老公啊！你估阿女半夜會唔會唔夠被冚呢？你估佢記唔記得定期沖板藍根嚟飲呢？你估……」為人母親，總是放心不下，愈問愈擔心，再夾雜不捨之情，淚便如雨下。

思憶不期然又會飄到小寶寶一兩歲時的光景，牙牙學語，依偎在父母的臂彎，好奇地張望這個世界。那張胖嘟嘟臉蛋，彷彿還是昨天未長大的笑容。小小腳板仔印下的足印，終將脫離父母的軌跡，漸行漸遠，走自己的路，不用相陪。

街市燈影

信步在九龍城街市附近的街道，只見一個個買餸的街坊熙來攘往，陳師奶左手一袋手打魚蛋，右手有菜有豬骨有青紅蘿蔔；珍嬸則捧著一個大冬瓜，盤算冬瓜盅需要甚麼材料。人人都各自打造舌尖上的家常味道。

只要家人大快朵頤，添飯添湯，吃得溫飽，偶爾拋下一句：「好好味啊！」便已心滿意足，幾辛苦也值得。

一煲雞骨草涼茶，材料是關懷體貼，因為子女經常捱夜，通宵睇波煲劇，或開夜車挑燈苦讀，傷肝損身，一對黑眼圈活像熊貓，看在眼內，為人母親怎不心痛？

弄一鍋瓦撐豉油雞，慢煮同桌團聚的溫馨。每次從廚房拿到飯廳，打開煲蓋，熱騰騰的香氣撲鼻而至，「開飯囉！」齊齊把手機拿開，好好珍惜相聚一刻。

媽媽把啖啖肉的大雞髀，夾到寶貝女的飯碗，「嗱！見你今日咁乖一早溫晒書，獎你嘅！」

知妻莫若夫，爸爸記得媽媽最愛吮雞翼尖，總會溫柔地説：「你自己都要趁熱食，攤凍了無咁好味。」

每次遊走街市，心裏都惦記着家裏的人。每一味餸，都交織着濃濃的親情和愛意。

還記得小時候的你，陪伴媽媽買過多少次餸呢？跟在媽媽身後，看她如何老實不客氣地，問菜檔姨姨攞着數：「事頭婆，搭多兩棵蔥啊！」駐足魚檔，一條大鯇魚被生劏成兩邊，怎麼心臟還在跳動，魚嘴還在竭力一張一合？教你看得入神。

買雞蛋時，媽媽教你把雞蛋放在燈泡下，蛋黃便會隱約呈現在蛋殼裏，左照照，右照照，在泛黃的燈影下，漸漸照出一道一道的皺紋，刻在媽媽的額上。

下次再見啦

每一次約會，到臨別之際，你是不是都會跟對方揮手說再見，然後才轉身離去？

再見，是帶着下次再次見面的期盼，今次意猶未盡，下次要更盡興，或乾盡千杯，或傾心事傾到天昏地暗。

我會牢記著每一次說再見的時刻，因為總有些人，此次一別，便可能永不相見，已沒有下次的再見了。就來一個身貼身的緊緊擁抱吧，感受彼此的心跳是如此零距離，依依的愛別離，也許是人世間八苦中，最教人肝腸寸斷。

有一個小故事，釋迦牟尼佛和幾個弟子一起在河邊散步時，忽然停下

腳步問：「你們覺得，是大海的海水多呢？還是無始生死以來，為愛的人離去時，所流的眼淚多呢？」

弟子們都回答說：「世尊，當然是無始生死以來，為愛的人所流的眼淚較多了。」佛陀聽後，微笑不語，繼續帶領弟子們散步。

緣聚緣散，有生有滅，人一出生後，便要學懂「離別」這一課。例如跟破舊的毛公仔說再見，跟同窗多年的同學仔話別，跟還未知為何物的初戀一刀兩斷，跟為五斗米折腰的理想漸行漸遠，跟血濃於水的摯親淚崩永別……

我在社交媒體看到一個美國攝影師Denna 的分享，她每一次離開家門時，都會拍下父母跟自己揮手告別的照片，第一幅照片拍於一九九一年，從此拍了足足廿多卅年。

相同的笑臉，漸老的容顏，記載着不饒人的歲月。到了二零零九年，照片裏只剩下母親一人。若干年後，雙親都走了，照片只有屋企門外的空鏡，再沒有人揮手作別，感覺莫名的心酸。有時候，再見，只能留在思憶中再見。

媽媽的味道

在成長歲月裏，吃過媽媽煮的千百道菜，有哪一款菜色，你最是難忘？每一次媽媽從廚房端出香噴噴的餸，未食已猛流口水，色香味俱全。

「好不好味呀？」媽媽往往明知故問。看到你像餓鬼搶食般扒飯，她便心滿意足。幾道餸，八成都送進你的胃裏。

當媽媽告別人間後，你嘗透淚水的味道。任你之後走遍港九新界，米芝蓮餐廳或地道大排檔，私房菜或茶餐廳，幾貴或幾平，都再也食不回媽媽的廚藝。

把一塊牛柳放入口，完全不是從前吃慣的那回事。蒸一碟水蛋，怎也不夠媽媽煮的嫩滑。即使是老火湯，完全都煲不出媽媽的味道，相差十萬八千里。

只因，家的味道，只能在家裏才品嚐得到。

日本一名二十五歲女子瑞希，早上還和媽媽商討晚餐吃甚麼，最後媽媽決定弄豚肉角煮。

可是當瑞希放學回家後，發現媽媽倒臥地上，送院搶救後不治，剩下廚房裏頭，那一窩冷冰冰的豚肉角煮。

瑞希捨不得把媽媽生前最後烹煮的一道菜吃掉，於是用食物盒裝好，放入雪櫃中冷藏，一放就是五年。

最近瑞希和爸爸很想回味媽媽煮飯餸的味道，於是委托電視台找來大學教授，檢查食物是否受細菌污染，然後請一名大廚將角煮解凍，再用壓力煲以攝氏一百度加熱，並加入生薑和大蔥辟去雪藏味。

隔別一千八百日，瑞希品嚐了一口角煮，即流出幸福的眼淚，激動說：「這真的是媽媽的味道！」情常在，思念的味道，由味蕾滲入心底。

星雲媽媽

我相信，如果有一個善心滿載的媽媽，子女的人品，一定不會差到那裏去。

像星雲大師的媽媽劉玉英，生長於貧困家庭，未有機會上學讀書，自小常聽講古佬説故事，對因果的道理，了然於心。

星雲大師憶説，媽媽最愛替人排解糾紛，為人又行俠仗義。她經常教導子女：「排解糾紛是正事，不是閒事。」

有一次，鄰居一位媳婦，因為跟奶奶相處不來，走來向星雲媽媽訴苦。聽完一輪苦水後，星雲媽媽告訴媳婦：「但你的奶奶到我這裏來，每次都在説你的好話，又大讚你如何持家有道、如何相夫教子……」一席話，就令婆媳關係輕化干戈，和好如初。

在文化大革命期間，星雲媽媽三餐不繼，只吃野草和撿菜葉維持生計。即使高齡七十，她仍然每天都到河邊挑水，回家煮沸後，倒進一個個碗裏，免費給路過的學生，在回家途中解渴之用。

有時鄰居託她代為買菜，當菜錢不夠時，她會把自己平日省下來的錢補貼，然後對鄰居訛稱菜販減了價。

有一晚，孫兒向屋外叫賣的小販，買了一些豆腐花，星雲媽媽知道後，不禁慨嘆：「這麼冷的天氣，還要在室外賣豆腐花，一定很缺錢用。」於是立即叫人拿了一些錢送給那個小販。

「我不是在為自己做善事，就算我明天會死，我還是要繼續行善積德，留一點因緣給別人。」媽媽年年月月去無相布施，啟迪了星雲大師長大後的弘法人生。

「我們是多年枯木又逢春，你要用心把大家帶到極樂世界去。」九十六歲的媽媽，臨終對星雲大師叮嚀。

深宵的門匙聲

誰沒試過年少輕狂？那年頭，只掛住玩樂，放學或放工後，總愛呼朋喚友，節目多多。

這天約豬朋打麻雀，那晚跟狗友唱K到凌晨；如果情竇已開，當然把握機會，見多幾面得幾面，拍拖大過天。問老竇姓乜？早已拋諸腦後，只知有酒今朝醉。

玩啊玩！飲啊飲！錫啊錫！從來都沒有看過腕錶到了幾多點，當然也不知道家中有人在等門！有時玩到通宵達旦，成身散晒才回家，倒頭便昏睡。

餐桌上原來早已放了一個暖壺，裏面是清肝潤肺的愛心湯水，可惜媽媽的心意，沒有瞄過一眼，也沒有飲過一口。有時候，媽媽還未睡，會溫柔地問：「不如飲啖湯先瞓啦！」往往換來無情的冷待，「好眼瞓呀！唔飲啦！唔好煩我！」

成長的字典，還未有深深印下「珍惜」兩個字。直到自己為人父母後，才體會到媽媽的苦心。

每當子女説約了朋友去夜街，原來作為父母，是會心掛掛，不時抬頭看牆上的掛鐘，到底會幾點回家呢？女兒會不會被壞人灌醉呢？交往的人，是不是損友呢？心頭總有千百個擔憂的問號，在大廳踱來踱去都總是不放心。

「不如WhatsApp問吓佢會幾點返來？使唔使揸車去接佢？」試問哪個父母會瞓得安樂？總會叫另一半追問子女的下落。

然後入夜後，即使熄了燈，其實根本不敢安睡，直到聽到子女的門匙聲，才放下心頭大石。也許會爬起床，扮屙夜尿，然後溫馨問道：「你飲唔飲啖湯？」

養兒方知父母恩，有些暖意，往往後知後覺，願你，愛不要太遲。

前世情人

不知道是哪一位騷人墨客，寫下如此動人的流傳：

「每一個女兒，都是爸爸的前世情人。」

前一世情緣未了，還未愛得夠，去到生命盡頭，仍藕斷絲連，魂牽夢縈。

可能上蒼憐憫，賜機會今世再續前緣，只是身份不再是情侶了，因為白頭到老的一席位，早已有另一個人等了五百年，排隊到今世注定結為夫婦。

飲過孟婆湯後，忘盡心中情，今生今世化為兩父女，換過角色，繼續深愛着對方。

當女兒呱呱落地，哭着來到人間，爸爸感動地以微笑迎接，輕輕把她抱入懷中，四目交投，爸爸暗自許諾，這生都要把最好的，送給女兒。

明知道這件玩具只會玩一段時間後，就會扔在一旁鋪塵，只要女兒嗲幾聲：「爸爸！我想玩呀！」爸爸便會心軟買下。

也試過看中一條公主裙，想像到當女兒穿上後，會是何等漂亮，即使價錢牌令心頭一窒，還是慷慨地付款。

當女兒亭亭玉立，開始情竇初開，心思思想拍拖，爸爸的醋意，一定會濃烈得化不開，彷彿對每一個埋女兒身的男孩子，都充滿敵意。

既怕女兒會俾人呃，又怕她受情傷，或者荒廢學業，即使情投意合，內心總有一份女兒被人搶走的感覺。

畢竟每個爸爸都有過血氣方剛的年代，又怎會不知道男孩子拍拖，對女孩子會有什麼非分之想呢？當女兒開始拍拖，呷醋爸爸大戰小男友，這場仗，注定擋不了！

吃出眼淚來

每一道愛吃的食物，背後都會埋藏一個充滿思憶的故事。表面上，是味蕾在品嚐甜酸苦辣的味道；骨子裏，吃的，其實是情懷，是心底良久抹不去的感慨。

光顧甜品店，我通常會點白果腐竹糖水，只因在媽媽的最後黃昏歲月，她最愛坐在客廳的一隅，在茶几仔細心剝去一粒粒白果的「外衣」，為我炮製糖水。

斜陽穿過公屋的騎樓，把媽媽的背影，映照出佝僂老態，銀白的髮絲甚至有點反光。我上前幫忙，見到媽媽的手，又乾又皺，有點像老樹的盤根。

時光，總把人的青春，無情地帶走。媽媽越來越衰老，怎不心痛？「不如你多些休息啦！不要咁辛苦煮糖水給我，要食的話，可以出街買。」

媽媽又怎會聽我的勸告，一邊清洗腐竹，一邊喃喃道：「點及得自己煮咁有益呢！」那時候我還年輕，以為來日很長，未懂人生無常，不知道有些愛，是會有終結的一天；有些味道，是一世也不會有機會再吃得到。

近日內地有位末期癌症的媽媽，頭上的髮絲都已掉光，可惜三次化療都不見成效，生命只能眼白白地倒數。

看着自己的身體狀況越來越差，趁還可以站起身，手腳仍能郁動，這個媽媽堅持抱病走入廚房，為兒子煮最後一頓飯。

那天，她和兒子一起到街市，買了海帶、薯仔和肉，統統都是兒子的最愛菜式。

回家後，媽媽在廚房忙得汗流浹背，兒子把她的背影拍下來，很動容。「她其實已很虛弱，做完飯後喘氣很久。那餐飯，我全部餸都扒光。」幾個月後，媽媽離開人間，慈愛的味道，從此無覓。

孝子夢迴

世間上最幸福的事，是一個女人，在生前以至死後，都有子女侍奉至孝。

即使是久病牀前，依然貼身照料，噓寒問暖，毫無怨言。哪怕終須一別，獨上黃泉路，孝子仍會日夜誦經，祈求菩薩接引。

陰陽兩隔的日子，是一頁頁考驗思念的試卷。有些人會隨時日淡忘遠年的親情。有些人則早烙心中明鏡，勤常拂拭。

中秋佳節倍思親，重情的洪朝豐，月下憶亡母，感性地寫下便箋：

「娘，轉瞬之間，你離開七年了，可好？我願我以前所作的功德，以及今後所作的一切功德，全都歸於你。」

剛去完清邁，削髮出家一個月的他，思母之情，自心底悠然泛起，生出一朵微笑。

修行期間，有一晚，洪朝豐夢見亡母。

夢中的亡母，病入膏肓，陷半昏迷狀態。慶祝她生日的蛋糕，洪朝豐輕放在牀畔。

其時，亡母眼睛微微睜開，勉力撐起身子，叮囑洪朝豐不要傷心。夢裏夢外，悲慟情緒，令洪朝豐驚醒，滿面是淚。正想放聲痛哭時，他忽然想到亡母已登西方極樂世界，早已離苦得樂，便轉悲而靜，慢慢再度睡去。

為人子女，一生中，有幾多部佛經，曾為父母而誦讀？有幾多句「我愛你」，曾在父母生前説過？又有多少劬勞，能盡此生去報答？

迷夢醒來，會有幾多人像洪朝豐，心存孝思，不退，也不忘？

壽星公在哪裏？

童年時對於壽星公的認識，是源於一隻煉奶的牌子。媽媽教導我在煉奶罐的上方，用罐頭刀在左右各開一個小孔，利用空氣對流原理，便可把煉奶滴在方包上，甜甜的，很易入口。

再開一杯阿華田或好立克，倒點煉奶，攪勻即可飲用，味道比起加入砂糖，更見鮮甜清香。

那年代，很多家庭都愛在大廳擺放「福祿壽」的瓷像，我通常只認得捧着壽桃的壽星公，往往會拉着媽媽的衫角說：「是煉奶罐那個公公啊！」

「係呀！一個人如果想長命百歲，就要靠壽星公保佑。你想不想媽媽長命吖？等我可以陪到你老，睇住你大學畢業，然後事業有成，結婚生仔，再幫你湊埋孫，好不好？」

媽媽的期盼，那時候的我，聽不懂。

直到韶華漸去，媽媽被病魔折磨，陷入昏睡的狀態，我記得在她最後的歲月，曾在她耳邊說過：「媽，你一定要康復起來，出院飲杯新抱茶，見證我的婚禮呀！」

在嗎啡的藥力下，媽媽一直昏沉，未有掙開眼，她可能聽到我的每一句話，但無力回答，只能在鼻頭發出「嗯嗯」的聲音。

面對生關死劫，我應該到哪座廟可以找到壽星公參拜，祈求祂保佑媽媽大步攬過，長命百歲呢？

尋尋覓覓，才知道根本沒有廟宇會供奉壽星公，正如我未見過有人會在家中神壇拜壽星公。生命的最終結局，誰也難免要閉上眼，兩手空空地道別。

拿着熱辣辣的壽桃包，我想起壽星公，也想起那杯永遠斟不到的新抱茶。

海灘風情

如果沒有得到你的允許，誰也不能在你的臉，掛上愁眉。

當你選擇了開開心心過日子，一花一世界，一木一浮生，一笑一塵緣，心境都是自在。

看一看影星張晉，在社交平台上載一張坐在太陽傘下，嘆着雜果賓治，悠然曬日光浴的照片，多麼的寫意喔！

去了馬爾代夫嗎？是布吉的陽光海灘嗎？抑或是在海南島的天涯海角避疫？

當人人都以為張晉和蔡少芬帶了小孩子去海灘玩水堆沙時，鏡頭一轉，另外幾張照片揭曉了謎底：

原來張晉只是在家中廚房的地板，鋪了一張膠軟墊，再撐開一把七彩大雨傘，身旁放幾個生果營造熱帶feel，呷着凍飲，七情上面地自拍，扮作偷得浮生，享受初夏的海風。

自欺欺人嗎？無聊當有趣嗎？那又如何！做人何必把自己逼得太緊？難得糊塗，偶爾放鬆一下吧！放眼身邊，俯拾都會找到令自己開懷一笑的東西。

當張晉長女楚兒入廚房洗碗，見到他躺在墊上自high時，即嚷着要一起玩，搶過凍飲，戴上墨鏡，坐在太陽傘下，擺出狀甚享受的模樣，要他替自己拍照。

這樣的天倫樂，不花分毫，足不出戶，已可令小孩子樂上大半天，又能訓練幻想創作力，教導他們即使現實裏身處逆境，亦要學習苦中作樂，尋找生趣。

你試過在漆黑的房間中開一盞枱燈嗎？把雙手放在燈泡下比劃交纏，牆上便會呈現出飛鳥、戰機、小狗、牛頭……的剪影。

無論何時何地，只要你想，世上沒有任何東西，能困住你的快樂念頭。

歡聲淚影

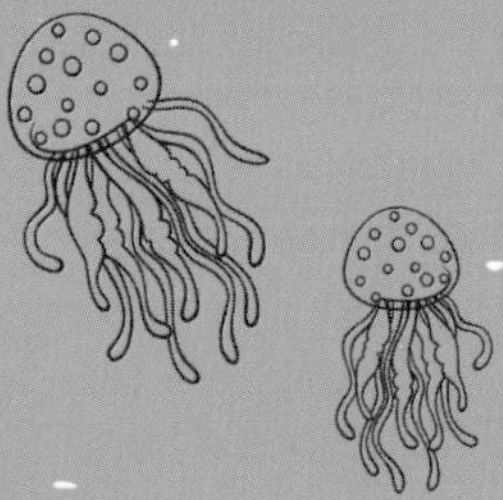

我們都是浮世的微塵眾，終會踏上黃泉路，

夾道盛開彼岸花。這花的花語，是忘卻。

一生中一些人一些情，往往莫失莫忘。

歲月悠悠

一生何求，只想不用為兩餐發愁，能打份工可以餬口，住間屋會有瓦遮頭，哪怕是斗室狗竇，起碼不用露宿街頭，瞓紙皮抵禦寒流，隨時被驅趕似人球。

有人常怨上司像鬼見愁，工作多到嘔，日日做到冇停手，捱到人比黃花瘦。當經濟不景的時候，減薪絕不留手，甚至把你無情地裁走，令你心傷透。

人生就是這麼荒謬，廢柴往往薪高糧厚，返工只需要帶鞋油，為老闆擦過夠，猶如一隻哈巴狗。

若問廢柴是否才高八斗？實情只靠一把口，吹到只應天上有，開會發吽哣，甚麼橋也沒有，有鑊揹就由下屬承受，有功領就會唔知醜，擸出來認頭。

老友，想見雲開就要守，勤力耕耘像隻牛，憑自己一雙手，信能創出一番成就。如果終日喪氣垂頭，只顧借酒澆愁，又怎能看到漫天星斗，照亮你的小宇宙？

誰沒行錯過路跌入深溝，焦頭爛額又損手？誰也會迷惘在十字路口，看不到黑夜盡頭，到底應向左走定向右走？誰都曾在低潮裏載沉載浮，盼求一葉輕舟，讓你得救。

天涼好箇秋，歲月是無情的漏斗，每天都在無聲地溜走，餘生還剩多久？交由老天爺定去留，根本不到你籌謀。何不把握今生好好地修，宅心仁厚，向無依者伸出援手，把愛傳播四周，讓善念彌漫地球。

也別忘記家中的某某，是百世同船渡的邂逅，可能等了五百年才換你一次回眸。燈火闌珊下的守候，是緣是債是喜或愁？到風景都看透，自會感悟有些情未必細水長流，有些人卻永烙在心頭。

最愛是祥

古來稀的歌手，還剩下多少人？

七十七歲的林子祥，唱了四十多年歌。一首首金曲，陪伴着當時年紀小的我，童年時逢開窗，都願我會揸火箭，萬里天風伴我飛。

隨着日落日出，熱血青年志在四方，在水中央，常問究竟天有幾高？我要走天涯，面對人生路上的種種抉擇，我永不怕夜航，勇往直前，邁步向前。

勝敗之間，看幾回亂世桃花，穿梭星光的背影，在等一個晚上，獨步花街七十號，邂逅人海中一個你，播下愛的種子，敢愛敢做，不需休息的吻，將心意盡訴，但願能共度千億個夜晚，長夜漫漫伴你闖。

情如風如煙，一生中，能唱幾段情歌？故園風雪後，點起床上的法國煙，獨

自暢飲，倚窗看門外暗燈，此情可待，絲絲追憶，誰能明白我？

仍然記得嗰一次，零時十分，千枝針刺在心，明明海誓山盟，分分鐘需要你，視如心肝寶貝，愛到發燒，卻又似夢迷離，人像在水中央，淪為落難天使，只看到海市蜃樓。

這一個夜，回首來時路，曾經滄海，彈着舊居中的鋼琴，問最愛是誰？明白改變常改變，原來沒有你是這樣，願世間有青天，送我祝福，即使愛偏要別離，仍能單手拍掌，男兒當自強，莫再悲，做個真的漢子。

風雨故人來，今天的路，前行步步懷自信，胸襟百千丈，只有夢長。活色生香之中，看透鹹魚白菜也好好味，時日在我心留低許多足印，求萬里星際燃點你路，可以不可以？

元旦願望

數數手指，每年總有去舊迎新的日子。

回望去年你過得還可以？抑或從未找到快樂的鎖匙，「笑容」這兩個字，彷彿已丟失在遠古的歷史。

感激每一個出現在你世界的天使，有些人像大樹讓你靠倚，有些人會送你甜絲絲。有些事，教你學懂忍耐和堅持，來醞釀成一生受用的睿智。

有些時候你活得像走肉行屍，找不到活着的意義，不妨拿出一張白紙，寫低糾纏的心事，雖然你不是醫師，未必能找到心藥去醫，至少讓自己宣洩一次，屈住屈住好易會痴。

人生在世知何似？誰也要靠兩手創動人故事，誰沒經歷過苦痛跟失意？就把煩惱當做一篤屎，痛快地按掣沖廁，忘記舊屎舊時，新一年又是新的開始。

撕開掛曆的第一頁紙，在心中寫下新年祝願賀辭，暗地立志，今年自己要多作嘗試，凡事做到極致，不要諸多藉口拖遲，全力向着目標衝刺，成功路上才能展翅，令你執牛耳。

也別忘記愛得太遲，畢竟歲月是一首無情的短詩，有些字，難免會掛滿神傷淚絲，縱是依依，徒剩相思。有些情意，即使出動十根手指，也黯然俱往矣！勉強留住也沒意思。

咦！咦！原來你的新年願望是——成功減肥消脂，身材變得婀娜多姿，咁就事不宜遲，一於跑步健身瑜伽乜都去試，你不是天生美人胚子，只有努力才會不變做「阿豬媽」阿姨。你必須要知，美魔女是用汗水換來的形容詞。

每一個故事，背後的成就要靠真本事。每年新伊始，祝願您精誠所至，每天都能寫下快樂的日誌。

繁花幾許

在還未有智能電話的年代，我是用腦袋去記住家人、朋友和同事的電話號碼。那年頭，我記性很好，某一個人的屋企和公司電話，我都記得很清楚。一班同學約有四十人，我是可以記得大半數人的屋企電話。

即使到了今時今日，有些老同學的電話號碼，已經廿多三十年再沒撥打，我還能一字不錯地說出來。

我想，是因為我早已把那個老同學，在心中留下了位置，所以對於對方的生日和電話號碼，依然牢記在心。

緣份很奇妙，在一生中，我們可能遇上一萬幾千人，有些人會在某個時段出現，陪你走段路，成為閨蜜知己，無所不談，她知你的秘密，你盡曉她的心事。

然後卻會因為一些瑣碎事，甚至不知道原因，莫名的疏遠了，從此不相往還了。但今日若問是否仍記得對方的電話號碼？又會記得喎！只因未曾放低。

有些人，你一直素未謀面，偶然機會相識，誰知一見如故，有着說不完的話題。你說第一句，他已估到你下兩句。他愛看村上春樹，也因煽情電影而落淚，不就是你嗎？怎麼明明只是見面一小時，感覺就像相識了十多年的老朋友。

人生路上，人來人往，走着走着，總有些人會走失了，不再在你的軌道上重現。有些人即使半途才加入，卻會伴你一路走下去，陪你看繁花幾許，為你撐起一夜雨雪。

你可有一個記住了很多年的舊電話號碼，很想撥打過去？如撥通了，你可會跟對方說：「嗨！你猜猜我是誰？」哈哈！似騙案嗎？

不離不棄

你以為，你只是孤單一人，從來都是獨自上路，所以，你感到空虛、寂寞和凍？

其實，你一直遺忘了，在這些年來，你原來有一個親密戰友，是和你不離不棄。即使被別人用機關槍指着威嚇，打死也不願離開。

每一個陽光路上，他陪你一起抖擻精神，在晴朗的一天出發，踏着輕快步伐，迎接新的挑戰。

在你處身低谷失意的時候，你不用到處尋找，他一直都在，不會離開你超過三呎。

他總是不言不語，默默當一個忠心聽眾，聆聽你低聲啜泣，哭訴某人如何教你癡心錯付，或者某一次傷別離。他雖然沒有拭去你的淚水，但總會在適當時候，提醒你不如去吃一點東西，不要餓壞身體。

一提起吃喝，他便會寧舍開心。他一直陪伴你吃盡天下美食，上至鮑參翅肚，下至油渣麵雞蛋仔，只要是美味的東西，他都會義無反顧陪你去試，吃到肚滿場肥，有時也會一起肚屙收場，哈哈。

有他在，減肥的大計，永遠是遙不可及的夢。

他總是率性地、毫無節制地，吃飽再說。到了近糧尾的日子，他又會願意陪你捱麥記，從無怨言。

在你心底，其實一直想踢走他。每當在服裝店試穿新衣時，他會老實地告訴你：「中碼穿不下了，改買大碼吧！」望着鏡子，你咆哮：「為甚麼你總是纏着我？你走呀！」

這個永遠對你不離不棄的他，叫肚腩。

紀念冊

舊物舊情，總是教人繾綣。

我的一名中學女同學，移居美國多年，最近一時興起執屋，從一封塵封的雜物中，找到一本中學紀念冊。

逐頁翻閱，那時那人那情，再度躍然紙上。

女同學把當年同學們寫下的片言隻語，在舊生同學會的電話群組中分享，引起極大迴響。

「哇！原來我以前寫的中文字，咁大隻㗎⋯⋯什麼『流水不因石而阻，友誼不因遠而疏』，咁老土的金句，我竟然都寫得出⋯⋯咦！我當年的簽名式樣，像鬼畫符呢⋯⋯你睇那張校服照片，個髮型娘到呢！仲有條校服裙長過膝頭，咁肉酸點著得出街㗎！」

舊同學們你一句我一句，因為一本出土的紀念冊，再度穿越時間長河，齊齊懷緬那些年的校園走廊，背起書包，踏着青春的步伐，想像歲月靜好，夢想似遠還近。

惠儀說畢業後想當護士，麗嫦立志要做女強人，綺珊奢望能嫁給英文科老師……然而又有幾多個人，真的講得出做得到呢？

這個現實社會，根本沒有阿拉丁神燈，不會有神仙跳出來，無端端送你三個願望。紅塵打滾，闖蕩江湖，誰沒嚐過殘酷的滋味？為了五斗米，還有時間去追夢嗎？

重看一頁一頁昔日親筆寫下的壯語，不免唏噓，歲月不饒人，但你能饒過自己嗎？你可能自責這些年來，錯過了很多擦身而過的情緣，錯失了老來後悔的機會，錯誤走了很多冤枉路，令你的心愈封愈多塵，甚至看不到自己。

紀念冊，原來是一道弔唁青春的傷痕。

握著婆婆的手

很多時候，當我走入民居，向低收入家庭和劏房戶送暖，遞上福袋物資，甚至派發過年利是，對方除了綻放燦爛的開心笑容，還會伸出手，緊緊的握着我，連聲道謝。

起初還是會有點猶豫，怕疫情嚴重，是否應該避免有親密接觸？但我選擇了送暖就送到底，照樣握手，最多之後用酒精搓手液勤消毒吧。

緊貼的手掌，教我感受到人與人之間的溫度。對方肉緊的力度，出於感恩。我雙手握着對方，也在傳遞加油的愛。

在南韓的青瓦台總統府，舉行了一個表揚善長的典禮。期間一個九十二歲的婆婆朴春子上台接受總統文在寅伉儷的致敬。第一夫人上前攙扶婆婆，伸出來的手，教婆婆感動的哭了起來。

原來朴春子想起童年時，爸爸也是這樣牽着她的手，她太喜歡這種感覺。當年的她已立志要把這份愛分享給其他人，將快樂傳送給貧窮的家庭。

自幼喪母的她，一早知道窮苦的滋味。約十歲起，每天她都坐凌晨四點的第一班火車到田裏，撿拾李子，然後在放學後，帶去戲院門前售賣，直到天黑。每次賣到錢，她都感到幸福。「當時每天都要躲避警察，那時候我就知道，有錢可以買食物，真的是件很幸福的事。」

她因為不能懷孕，經歷過婚姻失敗，索性在山邊小屋獨居，靠自製紫菜飯卷謀生，又經營過咖啡店。後來在教堂裏，接觸了一些殘疾人士，於是開始了長達四十年的義工生涯。婆婆為殘疾人士煮飯和餵食，又為他們洗衫換尿布，待如家人。

她更把四百多萬港元的畢生積蓄，捐給殘疾人士基金會和保護兒童組織，自己則只穿二手衫，安貧樂道。「即使你沒有錢，你也必須有那種助人的精神。」

婆婆的掌紋，川流着人間需要的愛，致敬！

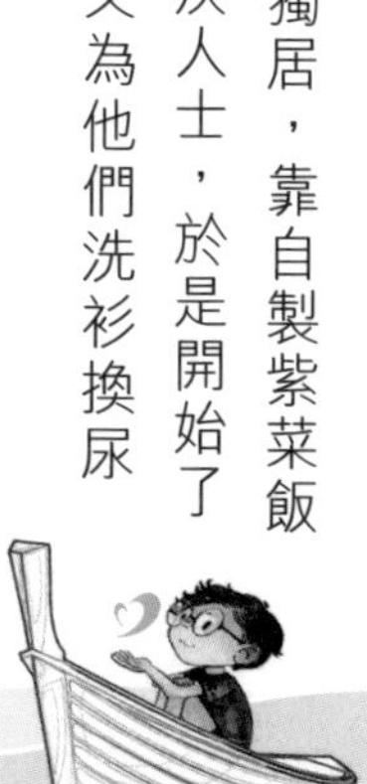

陌生人的愛

來自陌生人的祝福，感覺很溫暖，明明大家素未謀面，因為一句問候或祝賀，瞬間能把距離拉近。

我記得當年在考車牌的試場中心，接過合格的成績單時，歡喜若狂，真的是笑到見牙唔見眼。

在場的不少教車師傅見狀，即友善地恭喜我，也有不相識的考生，上前跟我擊掌。

那時候的世界，很溫柔。天變地變，今天在陌生人的臉上，還能找到暖暖的陽光嗎？

南韓一個網媒製作了一個街頭實驗的節目，安排一個男演員，喬裝成一個穿西裝的普通上班族，跟其他人一起在巴士站等車，然後安排攝影師躲在遠處偷拍。

在等車期間，男演員作狀接聽老婆打來的電話，先是簡單對談，「我剛剛在外邊跟客戶開完會議，現在要趕回公司繼續工作。」

然後，戲肉來了。男演員狀甚興奮地，高聲對電話裏的老婆問道：「真的嗎？你真的是懷孕了嗎？」

他流露喜出望外的神情，向身旁的等車乘客報喜：「我老婆懷孕了！」攝製隊就是希望偷拍一下陌生人會有甚麼反應。

「先生，真的恭喜你啊……你快些打電話告訴父母吧……你以後記得要對老婆好一點啊……去書局買些育嬰書參考啦……」不同的陌生人，都你一句我一句，送上祝福，或者分享過來人的心得，例如有個伯伯教路：「你一會兒放工後，記得買一束花回家，一踏入門口就緊緊擁抱老婆親吻喔！」

在陌生人的世界，我們要記取曾收過的暖意，也毋忘去做一個送暖的陌生人。

擁抱

相見時難別亦難，一個相交超過二十年的好友移民海外，臨別依依，最後一次在香港聚首時，要說的話太多，要念的舊事太長，可惜時光太短，只能記取此時此處此模樣。

送她去到屋企樓下，要走的，終須要走，她不捨地說了一句「拜拜」，別過頭準備下車。忽然她問：「可以hug（擁抱）一下嗎？」我以香港口音的英文回答：「Why not？」

短短兩秒的近距離擁抱，廿載情誼，盡在不言中。她流露「不知何日再能相見」的離愁，我輕拍她兩下，彷彿把「祝福」兩個字，像打強心針般注射給她。

這輩子，你跟多少人擁抱過？媽媽？外婆？前度？班主任？閨密？喪親遺孀？

失戀死黨？長相廝守的伴侶？

每一個擁抱，兩顆心都貼得很近，你中有我，我中有你，此刻無價，感受到彼此的心跳，不用千言萬語。

當小寶寶跌倒時，痛得狂哭，一句「媽媽抱抱」，張開手臂，一抱入懷，淚水馬上停止。跌在兒身，痛在母心。春暉慈光，就是這樣。

當丈夫要離家，為國家踏上戰場，家門前的帶淚擁抱，誰也不願放手，因為這可能是最後的訣別，再也不會歸家了。

當唱過校歌，領過畢業證書，穿校服的歲月，來到最後一天，從此同班同學各奔前程，或赴笈升學，或踏足社會打拼，或茫茫前路不知方向……都在淚光中互相擁抱，互送祝福。

當那個深愛的她，含羞說「我願意」，你興奮莫名，抱得很緊，吻得很深，時空都彷彿為你倆定格，愛意在夜空中放閃。

如果可以，每天給你珍惜的人，送上擁抱吧！

問我

年少，真的是無知，時常會問一些傻兮兮的問題，往往要在若干年後，才能在眼淚中找到，教人黯然的答案。

小時候初到殯儀館的靈堂，看見熟悉的親人，躺在棺木裏，會問：「點解佢塊面化咗妝？口唇搽到咁紅嘅？點解佢掛住瞓覺，咁耐都唔起身嘅？」人人都紅了眼，沒有答你。

見到同學仔有名貴房車接送，有工人服侍拎書包，零用錢一星期閒閒哋有一千幾百元；而自己的口袋裏，只有幾個硬幣，不期然會問：「點解人哋咁有錢？我屋企就咁窮嘅？點解我阿爸冇私家車揸嘅？」

拖着媽媽的手到街市買餸，途經賣魚檔，見到一條條魚被劏開一半，身上的魚鰾仍在跳動，魚嘴掙扎地一張一合，眼睛睜睜地看着自己，你問媽媽：「啲魚好慘呀，流好多血，一定好痛囉！有咩方法可以救到佢哋？」

每天早上，當爸爸換過衣服，準備出門上班，仍是童稚的你，扯着爸爸的衫尾，嚷叫要他留下來陪你玩，爸爸安撫你：「爸爸要返工賺錢，先至可以買到玩具畀你玩嘛！」

你不明白，反問：「唔返工就賺唔到錢咩？」可是，今天你更深深體會，即使如何努力工作，𢭃一份雞碎咁多的人工，依然是賺不到錢、買不起樓。

情竇初開，未知道情是何物，以為愛上一個人，便會一生一世，永遠不分開，牽手到老。怎會猜到，有時是對方變心，有時是自己不想再愛下去。曾經相連的兩顆心，從此各走陌路。「在對的時間，愛上對的人，真的咁難嗎？」有些人，窮了一生，才找到黯然的答案。

花田舊事

北海道的四季，每一幅都是如畫的風景。

春天賞櫻，夏天看薰衣草，秋天踏紅葉，冬天滑雪，各有醉人的情懷，動靜皆宜，都可定格在回憶裏，找一個無眠的夜，呷着暖茶，重溫細味。

那個曾在櫻花樹下，信誓旦旦的他，今天人在何方？原來，有些情深緣淺的故事，會如花開花落，隨風而散。就像茶涼了，當飲下去，心頭只會感到冷了一截。

那個用童心砌出來的雪人，曾見證着你和幾個知己，互擲雪球，然後躺在雪地上，伸手去抓漫天雪花。還記得自己信口說出來的夢想嗎？在下一年雪落更深時，能否找到曾努力過的痕迹？

從前的知己，各自在生命的戰壕裏打拼，這個為一賓化骨龍而蒼老，那個為追名逐利而滄桑。

「幾時得閒出來飲餐茶，敍下舊啊？」曾幾何時，你仍會興致勃勃，致電預約。

「呢兩個星期，個大仔要考試，我要陪溫書啊……我個工人放了大假，我一放工，要即刻趕返屋企煮飯……公司派我去上海公幹，等我返來再約啦。」

不同的理由，充斥在生活日常。一次推一次，一季又已一季，彼此的情誼，漸行漸遠，早已在忙碌中，疏淡如水。手中的雪球，在思憶中慢慢融掉，再也擲不出去了。

人在北海道的七月天，放眼一片薰衣草田，姹紫嫣紅，在風中搖曳。歲月靜好，悠悠地賞花，默默地想念起，同一天空下，曾出現在身旁的過客，今天你還好嗎？

手機以外的風景

坐飛機到外地旅遊，本來是在百忙之中，偷得浮生，但香港人長年生活在緊張節奏下，慣了手機不離手，一旦失聯，幾天假期，便總覺得若有所失。

當飛機剛剛在跑道上着陸，安全帶燈號還未熄掉，你是否已急不及待打開手機，查看在過去幾小時的航程中，錯失了幾多個訊息？當人仍在機艙中，已忙於在社交網上打卡，公告天下，自己去了哪裏旅行。

踏進充滿地道風味的當地餐廳，你未翻閱餐牌，第一句問侍應的話，是不是「請問你WiFi的密碼是甚麼？」而不是問對方：「你可以介紹一下，這家餐廳有甚麼名菜呢？」

經過一整天的吃喝玩樂，拿着幾袋戰利品返回酒店，一進房間，你不是先飲啖水解渴，更不是沐浴更衣，而是第一時間連接酒店WiFi，瀏覽那一部猶如電子鴉片的手機。

坐在長途火車上，你有沒有只掛住做低頭族，而錯過了眼前的人間風景？可會見到，鄰座一個老伯，手震震地進食牛角麵包，身旁的婆婆，溫柔地用紙巾抹去他嘴角的碎屑。老伯輕搭婆婆的手，微笑說聲「Thank you」，含情的眼神，寫滿廝守故事。

還有一個在細讀英文小說的英倫紳士，或一個倚窗若有所思的金髮女郎，或一個把手提電腦放在膝上打字的西裝友，或一個抱着小寶寶輕唱兒歌的慈母……都是陌路相逢的天涯倦客，用時光編織各自的生命。偶然在某一天，於車廂的碎語聲中，跟你隔座相視而笑，然後在下一站，各踏征途。

如此萍水的交會，手機的屏幕，能為你留墨嗎？

與神同行

當一個人活在神的恩典裏，總會希望能引領父母和所愛的人，投向神的懷抱，與神同行。

周慧敏也不例外，她在二零零九年決志信主，一年後受浸。幾年前，當時九十一歲的周媽媽，因為肺炎和氣管炎入院，醫生告訴周慧敏，要有心理準備面對生離死別。

眼見媽媽的身體每況愈下，周慧敏加緊為游説媽媽信主一事禱告，她知道，那可能是最後一個機會了。曾幾何時，周媽媽坐輪椅返過教會，但因講道內容難明白，出入又不方便，時間太長覺得累，令周媽媽很生氣，不肯再去。

有一天，周慧敏在醫院裏拖着媽媽的手，問：「媽媽，我可以為你祈禱嗎？」

周媽媽竟然一口說好。周慧敏通過禱告，告訴媽媽，自己有多愛她，天父有多愛她，天堂有多美好。禱告尾聲，周媽媽更主動跟她一起說：「阿們！」

三天後，周慧敏如常去到醫院，跟媽媽一起禱告，她把握機會，問媽媽是否願意決志信主。沒想到拜了多年神的周媽媽，竟爽快答應，只要求在家裏受洗。

安排出院回到家裏，牧師登門替周媽媽進行施洗儀式，「你願意接受耶穌做你生命的救主嗎？」牧師問周媽媽。當聽到媽媽堅定地大聲答：「我願意！」周慧敏感動得哭過不停。

一個月後，周媽媽因為腦瘤問題，說話和理解能力急速下降，如果那時才向她傳福音，便已太遲了。

受浸了八個月，周媽媽便告別人間，返回天國。

怎能不相信，神的奇妙恩典？凡事相信，凡事盼望，「神總會為我們開路。」周慧敏分享說。

還待何時

坐言起行，想做便做吧！歲月是永遠不會等人，有些事情，你現在不做，到十年後你想去做時，也許筋骨已不容許，機會也不會為你定格留住，連情懷亦已不一樣了。

可曾記得，在你十歲的時候，有一些玩具，你很想擁有，可惜你儲不夠零用錢，一直都買不起。央求爸媽送給你嗎？得到的，只有拒絕的答案。

到你二十歲時，你已經有足夠的金錢，可以買到那件玩具，但你早已失去了興趣，以及那份朝思夜盼的期待。

三十歲時，人生閱歷漸豐，也有風雨也有晴，你念念不忘，青梅竹馬的心儀女孩子，只因當時年紀小，未敢展開追求攻勢，連聖誕卡都沒有寫過一句半句思念的情話。

如今算是有丁點成就，也有信心不會餓死老婆，終於有勇氣去追求那些年不敢示愛的女孩子，可惜對方早已嫁人了。

年已四十，走進時裝店，看中一些潮流服飾，卻瞥見身旁的年輕情侶，正拿起同樣的衫照鏡子。噢！你發現自己原來已不再年輕，穿在麻甩佬的身上，只會不倫不類。

到了半百的年紀，不得不承認，眼睛開始老花了，還有五十肩的隱患，在翻風落雨的日子，會寧舍痠痛。

還想攀登黃山看日出？或者做背囊友，暢遊名城古都，浪跡天涯？甚至自駕遊，度日月，穿山水？然而不識趣的風濕骨痛，舟車勞頓，不容你逞強了。

人生就是如此無奈，有些事如果現在不做，以後便未必能夠做到了。

讓自己微笑

每一天，都能找到讓自己微笑的理由。

當擦着惺忪睡眼，正掙扎要從被窩裏爬出來，開展一天辛勞的工作時，猛然發現，咦！今天是星期日喎！不用上班喎！你嘴角一笑，又可以再倒頭繼續大睡了。

當步進港鐵的月台，剛巧有一輛列車駛至，不用你多等兩三分鐘才有車，多好！你走進車廂，又剛好有一個座位讓你坐下，多幸運喔！

當你路過投注站，隨手買一張六合彩電腦票，晚上回家後，核對攪珠結果，嘩！中了四十元，贏了一個彩頭。

當離開了餐廳，發現遺漏了手提電話在梳化，你慌忙跑回去，幸好見到手機沒有被人拿走，失而復得，多感恩！

當走到街上，你偶遇多年未見的中學老師，他仍然記得你，能說出你的名字。大家就站在街頭，一起懷緬當年的搗蛋往事，互問近況。每一次久別重逢，都是一趟快樂的回憶。

當你看完一條烹飪短片，膽粗粗走進廚房，照辦煮碗自己下廚，嘗試能否弄出一模一樣的甜品。千呼萬喚，終於完成，至少賣相不錯。試吓味先，噢！太甜了，不過距離成功又邁進一大步了，你為自己的勇於嘗試，送上微笑。

當天空下起微微細雨，你摸一摸環保袋，哈！你剛好帶了縮骨遮。

當你與朋友同行，剛巧有雀屎掉在他的頭上，而你卻倖免，多好彩。

當你一覺醒來，yeah！又是新的一天，又賺多活着的一天。

只要你願意，一定能找到一個又一個令你微笑的理由。

遇見幸福

玄學家麥玲玲和老公何德，是一對活寶貝，一個性急，一個慢條斯理，一凹一凸的火花，愛到今年，便踏入結婚30周年紀念。

「何德成日講，未敢忘記，不想提起。」提起老公，麥玲玲的嘴角總帶甜笑。

兩人的相遇，原來是師生戀。當年麥玲玲開班教睇面相，何德報讀。

麥玲玲大爆何德愛相睇，她也介紹過不少女仔，可是何德總是揀唔啱。

兜兜轉轉，何德發現，最好的，原來就在身邊。但麥玲玲年輕時，不乏追求者，「你咪睇我其貌不揚，我因為性格爽朗，識照顧人，所以都有好多靚仔追，有啲仲係有文化嘅才子。」

當時麥玲玲有一個生得幾靚仔，但住在舊式廉租屋的窮男追求，何德相當有計謀，特別揸車接載麥玲玲到情敵的屋邨樓下，苦口婆心說：「如果第日你嫁俾佢，以後就要住喺呢條邨，睇住個仔追巴士，企喺走廊炒菜。」

麥玲玲當下浮現劇集《獅子山下》的畫面，心想「唔係咁慘呀嘛！」此時何德再出招攻陷芳心，「嗱！如果你揀我呢，至少我有層樓有架車。你嫁一個人，係嫁俾佢嘅將來，我仲會買好多個衣櫃俾你擺衫㗎！」

結果麥玲玲被打動，選擇了何德。「不過嗰時我唔記得咗，其實自己已經有車有樓。好多年後我仲知道，嗰個住屋村嘅男仔已經發咗達，哈哈。」

麥玲玲坦言，欣賞何德的聰明才智，不過烏龍瘀事卻更多。「佢研究太陽能，但搞到冇熱水沖涼，太陽能電筒又開唔着。」

充滿笑聲的愛情故事，自會細水長流。

螞蟻的足印

最近在公司男廁，面壁小解，見到牆上有一隻小螞蟻，慢慢地爬行。牠到底想往哪裏去？牠會不會有命走得出這個廁所？

可能牠行足一日一夜，都只是在廁格之間來回，找不到出口。也有機會慌不擇路，誤爬入馬桶或洗手盆裏，一沖水，便嗚呼溺斃。

甚至小螞蟻明明在努力邁步中，卻會被多事的人，一時手痕，用一隻手指無端捽死了，有冤無路訴。

望着小螞蟻，我不禁感恩，自己是人，我思故我在，可以走自己的路，寫自己的生命故事。不用像螞蟻般，盲摸摸地，步步都在冤枉路上，虛耗青春，終此一生。

當年釋迦牟尼佛在祇樹給孤獨園開示，從地上找了一把泥沙，然後撒掉，手掌上再無泥沙留住，指甲縫還剩下一丁點而已。

「釋尊，請問這代表甚麼意思？」弟子們問。

佛說：「人一旦失去人身，來生再得人身的機會，就像我指甲上的泥沙，少之又少。不能得人身者，就像我撒在地上的泥沙。」可知人身難得，佛法難聞。

無常人生，都只是匆匆幾十年光景，彈指便過。有多少人，千迴百折，都未曾入過一間廟，翻閱過一頁經文，總是與佛菩薩擦肩而過？

可憐一隻隻小螞蟻和其他飛禽走獸，此生都無緣得聞佛音，行善積德，為來世的花好好灌溉。

此心安處，便是吾鄉。願你走出半生，歸來仍是少年。

似有還無

在「有」與「無」之間，像隔了一條黃河，教人畢生沉溺，不能自拔。

當「有」了之後，是得到真正的快樂嗎？

就算是「無」，就注定是「人生失敗組」嗎？

凡夫俗子，在「無」的時候，原始慾望會變成推動力，希望有朝一日，可以變成「擁有」。

無拖拍，自然想有人鍾意，有機會嫁得出。但無人問津，就一定是籮底橙嗎？單身狗，也能享受無伴的快樂時光。

無錢無車無樓，往往被人睇死為無本事、無出息、無咁嘅命水。但你今日

「無」，說不定聽日就可能會「有」，除了禿掉的頭髮外。同樣地，今日的風光，不是永恆，隨時在剎那之間，亦有機會化為烏有。

人好得意，當渴望擁有時，會苦苦追求。到真的到手後，卻又犯賤，不加珍惜，若即若離。買東西如是，感情，亦如是。

到外國旅遊時，見到很多特色手信，唔買就笨，因為有些地方，可能此生不會再去，有理無理，買咗先算。請問在你的家裏，還有幾多手信是被扔在一角或藏在紙皮箱，多年未望過一眼？

又或者一個愛情故事，千方百計讓自己成為對方的王子，但一起住進城堡後，濃情轉淡，愛都變成習慣，早已忘記了當初的諾言，「有」情人的結局，落得「無」奈和「無」言。

近日在社交平台，流傳一段哲理文字：

「人們總是把幸福解讀為『有』，有車有房有錢有權。但幸福其實是『無』，無憂無慮無病無災。有，多半是做給別人看的。無，才是你自己的。」共勉之！

時光這個壞人

這是一個很有趣的社會實驗，一名丹麥攝影師Peter Funch，每天早上八時半到九時半，會去到美國中央車站附近，在熙來攘往的人潮裏，用照相機捕捉途人匆匆上班或上學的模樣。

同一地點，同一角度，他足足拍攝了九年，鏡頭下留住的定格，至少有六萬人。

經過那些年共三千二百多天，Peter 發現了一個有趣現象，在某個時間和某一段路，多年以來，他都很容易拍攝到相同的人，規律地過着不變的上班或上學生活。

有些人即使相隔多年，仍然是習慣戴着耳筒聽音樂，心情愉快，不掛愁緒，總是在晴朗的一天出發。

有些人雖然髮線逐漸上移，雙眼卻總是惺惺忪忪，一臉睡不醒的樣子，仍未改掉夜夜笙歌的陋習嗎？

有些人始終愁眉深鎖，滿懷心事，怎麼多年來都解不開鬱結，坐困愁城？苦澀的年月，他到底是如何撐過來？

有些人的小動作，十年如一日，或愛邊行邊撥弄前額頭髮，或常抿着扁嘴，或一定嚼着香口膠。

同一條路上，每天都有成千上萬人匆匆經過，各自走不同的人生軌跡，這一秒擦身而過，那一刻偶遇相逢。這一天成雙成對，那一天卻剩下獨行的身影。這一年還是滿腔熱血，追逐着某一個夢想，那一年早已忘掉了初心，是蛻變？還是認命？

每星期一至五的早上八時半，你是否都乘搭同一班車？你會發現，車上的乘客，面孔都是似曾相識？買早餐的麵包店，收銀處那個女孩子，不知何時，無名指上多了一隻閃爍戒指。去年還在街角的補鞋檔，原來伯伯鞋匠因疫情病逝，人去樓空……

熟悉的風景，熟悉的步伐，今天的你，還是熟悉的自己嗎？

在雨中

感性的人，容易傷春悲秋，心情矛盾，像你嗎？

下雨的日子，會為大自然的林木感到開心，因為炙陽下久旱，終於能得到雨水滋潤，不用枯乾而死。

但在暴雨下的蜜蜂、蝴蝶和蟻群，能找到安歇之地嗎？弱小的生命，會不會就此在雨中，凄美地告終？

能夠和戀人在雨下共用一把傘，又是何等浪漫的一回事。舉步很慢，兩個人貼得很近，男方把雨傘傾向女方，懶理自己的肩頭被淋濕；女方輕挽男方的臂彎，很溫暖，很有安全感，多麼想這場雨不會停。

然而，當你相約友好踢一場波，或者郊遊，卻遇上攔路雨，怎不掃興，輕嘆一句：「唔通連個天都唔鍾意我？」

在趕着上班或上學的路，偏偏沒帶雨傘，唯有冒雨前行，變成落湯雞，誰也會臭罵：「最憎就係落雨！」

當雨來了，不少醒目商人，會在店舖門口當眼處，搬出一大批雨傘售賣，乘機賺番一筆，笑逐顏開。

當雨停了，亦有不少人會遺忘了雨傘，就此掛在巴士座位的椅背，或者食肆的遮架，閃速斷捨離。

情傷的時候，望着窗外的雨景，心情總會莫名的低落，覺得連上天也為自己落淚，「滂沱大雨中，像千針穿我心……」雨絲情愁，淚水不禁從眼角滑下來。

雨後的陽光，把大地照得晴朗，樹好像更綠，空氣好像更清新，一彎彩虹掛在天邊，像告訴你我，好日子就在眼前，人間還是充滿希望，雨水不是已把煩惱沖掉嗎？

日月星辰，有人只看到黑夜，有人記掛朝露。請相信，路上會碰到會心微笑的人與事。

校服

某一屆中學文憑試的中文科作文題目，其中一題是「校服的自述」：「我是一套校服，今天要和主人分離，回想過去我們一起生活，別有一番體會。」考生需要續寫這篇文章。

穿校服的時光，是多麼的無憂無慮，青春如花盛放，一個個白日夢，掛在窗下的風鈴，隨風搖曳。

同學仔的相處，沒有機心，不會像職場的爾虞我詐，勾心鬥角，越見得多人事複雜，越懷念早埋藏在出土文物裏的純真。

還記得嗎？你會為跑道上的同班同學，拿起草球吶喊打氣，他衝線壓過對手，你開心得恍如自己得獎。

當小息的鐘聲響起，你會拖着閨蜜的手，一起去洗手間，然後到小賣部買魚蛋飲美祿，再相約放學後到書店揀書簽抽閃咭。又或者作狀拍一拍某同學的背脊，把一張烏龜的塗鴉貼在他身上，然後目送他穿梭走廊和班房，竊竊地笑。

少年十五二十時，誰不淘氣過？誰沒試過在課堂上懨懨欲睡？誰也有過一個心心眼常偷望的同學，教你心如鹿撞，臉泛紅霞。暗戀的滋味，是一首醉了的情詩。

每一年的暑假，你會發現，校服的長度，比往年又短了，就像留在校園的歲月，總隨沙漏漸逝。

同一套校服，是人生中的第一套戰衣，陪你打過一場場考試的硬仗，伴你結交過幾多個無無聊聊又推心置腹的死黨？牽過和甩過多少人的手？偷嘗過幾多次情深一吻？校服的衣領上，沾濕過動容的淚水，也留有一行行神傷的痕跡。

總有一天，不得不跟校服說再見，就像某些人某些情，往往迫不得已揮手送別。當某天聽到窗下的風鈴再響起時，會不禁幽幽地問：「遠方的你，還好嗎？」

離別這一課

活着的每一天，都在上一堂堂「遇見」和「離別」的課。

聚與散，是由緣份安排編寫的故事。

某一次的離開，也許是為了下一次的遇見，鋪下伏線。

某一次的遇見，又可能是注定有個分手的結局。

緣來的時候，即使在地球的遙遠他方，也能於陌路相逢。

有一年我從英國乘坐火車前往比利時，隨意跳上一個車卡，怎會料到，坐在我鄰座的乘客，赫然是多年未見的中學女同學。那個她，正是當年的夢中女神。

天大地大，人在旅途，竟在異鄉敘舊，夾都無咁啱吧！

闊別多年，暢談近況，重溫那些年整蠱同學的趣事，再自拍合照，轉眼便已到站。在月台上互相道別，輕擁一下，便各自消失在乘客人潮裏，直到今天也未再有碰頭的機會。有些緣，盡了，便散。

人生路上，每一年都會遇上不同的過客，教你明白，不是每次説句「再見」，都能夠真的可以再見一面。

幾年同窗歲月，在鄰桌的同學仔，陪你度過不少上堂發白日夢的日子。畢業禮一別，便相忘於江湖，此生不相往還。

曾經傾盡心事的閨蜜，隨着各自拍拖，然後各組家庭，忙於湊小朋友，少見了，友情亦漸疏淡了，慢慢會在你的生活圈子，消失了曾經吃重的戲份。

還有明明深愛過的某人，以為會陪你走到白頭，到頭來，他的愛情故事女主角，原來不是你。

生離，已教人黯然。死別，更是無能為力，傷得斷腸。每一次離別，我們都是上了一課。但這一課，可以走堂嗎？

年月告訴了我

經過那些年，漸漸會明白，人生故事的每一頁，是悲或喜，都是回味無窮的一課，且行且珍惜，因為我們無法知道，下課的鈴聲何時會響起。

當自己成為了父母，體驗眠乾睡濕，便會想起，爸爸媽媽當年湊大自己，是如何操心、費心和激心，樹欲靜而風不息啊！

當走進好朋友的靈堂，在遺照前三鞠躬，便會感嘆，人生真是無常，一起言笑晏晏的畫面恍如昨天，怎麼今天卻已陰陽相隔。原來，不是每一個人都有機會能活到白髮蒼蒼。

當養了一頭寵物，便得有定心理準備，牠將會在十年八年後，離開自己，走上彩虹橋。淚眼送別之後，你可能會蒙上陰影，不敢再養寵物，怕再承受死別的傷痛。待時間療癒後，一雙可愛的眼神，在寵物店把你吸引過去，伸手抱起來，你的生命，從此又添多一個新成員了。

當你廢寢忘餐，捱更抵夜去拚命賺錢，只為了將來有更美好的生活。到錢賺到了，卻捱壞了身子，享受不到生活，反要大灑金錢去醫病保命，諷刺嗎？後悔嗎？

當你為了A君，放棄了B君，後來遇上了C君，跟A君濃情轉淡，之後愛過E君，也被F君拋棄過，為G君流過眼淚，才發現，原來自己最愛的，就是曾經傷過的B君，可惜B君早已成家立室，回頭已太難。

當人在風雨中衣衫盡濕，便會想念起雨傘，便會學懂在雨中起舞，便會期待彩虹，便會好好珍惜雨後的陽光白雲。

當目送過一個個身影遠去，有些來不及說再見，有些總嫌相聚的時光太短，有些用生命告訴你餘生不長，不要再蹉跎，不值得再發脾氣，不能再幹會令自己後悔的事。

聖誕咭

每年聖誕節，你的手機，收到幾多個祝福短片和卡通硬照呢？相信至少都有十多廿個吧！

左手收來，右手即轉發出去，方便快捷，省卻了咬文嚼字的煩惱，對嗎？

然而，即使聖誕照片如何色彩繽紛，卡通聖誕老人如何可愛，都硬是欠缺了一點人味，流於太電子化。

當我打開郵箱，發現收到一封好友A寄自澳洲的聖誕咭，心情難免興奮激動。畢竟身處這個年代，還願意走到書店挑選聖誕咭，然後坐在書桌前，拿起原子筆（不是手機喎），親筆寫下片言隻語的人，幾乎已經絕種了。

大家各自住在地球的不同角落，你那邊雪落很深，門前的聖誕樹，鋪滿一夜飄落的白雪，閃爍的燈飾，教人想念起，曾幾何時的聖誕節，一起歡度的時光。風即使冷，暖語馨思，絮絮的，掛在心頭。

隔別千里，我還是那個輕狂的旅者，乘着人生高低的滄浪，高潮時靜看雲淡風輕，低谷時仰望繁星流動，等待曙光。

你一定想像得到，我拆開聖誕咭時的喜悅，就像翻閱一本陳年相簿，笑意不減，歲月仍是靜好。

聖誕咭右上角的那枚郵票，我仍會像年少時的習慣，拿出鉸剪，細心地剪下來，用一個小碗，盛一半清水，把郵票浸在其中，讓它和信封的紙張慢慢分離，然後曬乾，收藏在郵票簿內，如同把值得回味的思憶，留在心坎某處，待某年某日，再拿出來，陪伴過冬。

如果瓣瓣雪花沒有盛載思念，還算是聖誕節嗎？

死性佢不想改

好一個張致恒，真係要拎佢支洗頭水聞一聞，到底有甚麼成份，可以令佢長期咁頭痕，總是鬧出連串負面新聞，令人想將佢打暈，好好修理教訓。

你今年已是四十歲人，不能再像三字頭般失魂，吊兒郎當任我行。也無謂記取十七歲已失身，試過一腳踏五船出軌疑雲，從此患了性上癮。時光不會等人，再不業精於勤，用血汗一展所能，你憑甚麼去平步青雲，脱穎於人群？

睇你生得肥騰騰，想必鍾情牀上運動激情擁吻，日砌夜砌老婆雯雯，沉溺巫山雨雲，試問又怎會夠瞓？返工仲點會夠精神？

作為男人，當然知道鹹濕好難忍，但點解仲要打真軍，令老婆年年懷孕，四年抱四咁「歡欣」？你呢個「發瘟」，貪圖高潮興奮，避孕套只係幾十蚊，我就唔

信你咁手緊！買唔起就咪身痕。你已經家貧，捉襟見肘係咁呻，時不時嗌離婚，牀頭相分，牀尾又激吻，如此蕩女痴男睇見都頭暈。

你死性不改已不是新聞，總以為成為四子的父親，縱是百上加斤，你或會生性做人，努力發憤，正正經經返工揼銀，為小朋友掙多幾罐奶粉。

可惜性商店只係做得嗰一陣，派傳單散工又嫌得幾百蚊，你索性攤大手板伸一伸，向身邊所有朋友都借勻，覺得「欠債不還」好應份。

史提芬啊史提芬，你蛀牙去求助網民，你爛鞋底也求贊助分文，你自爆性愛秘聞，又可以搵到幾多銀？天下間仲有幾多個蠢人，仍然會被你昆？可能只剩下一個雯雯。

於是你夠膽死唔打工只等運，公開問網民，可否貨金，資助你一家人，仲登埋QR code揼得一蚊得一蚊。

各位市民，別被騙徒搵笨，不能姑息懶人，不可縱容廢人，等佢洗心革面重新做人，堂堂正正為了家人，做個負責任的男人！一個人，只要肯努力前行，天必憐憫！

忘記密碼

當手提電話下載的程式愈來愈多，要記的帳戶密碼，不時弄得人頭昏腦脹。這個密碼，需要至少七個數字加兩個字母。那個密碼，早已有人登記使用，請另行選用合適的八位數字吧！

要牢記的密碼，漸漸多不勝數，若然沒有抄下來，單憑記性，有時總會碰上大腦一片空白的時候。

怎麼辦呢？當你按下「忘記密碼」的鍵，畫面會出現一些提示問題，例如：「你最好的朋友是誰？」、「你的夢想是甚麼？」、或是「你最喜歡的食物是甚麼？」

噢！你才猛然記起，那年頭你最好的朋友，不就是ＸＸＸ嗎？原來你們已經沒有聯絡很多年了，可能因為已各自組織家庭，又或者工作繁忙，見面的次數愈來愈少。明明曾經可以通宵傾幾小時電話的閨蜜，逐漸在你的朋友圈慢慢淡出，甚至消失。

原來，小學畢業時寫紀念冊，那兩句名言：「萬里長城長又長，我倆友誼比它長。」未必能經得起時間的考驗，不似曾經，但已曾經。

在鍵盤上，你輸入感覺變得陌生的舊友名字，心中不無感慨。今天的舊友，人在何方呢？「嗨！很久不見，你近況好嗎？」你從心中，隔空送上問候。

萬一提示問題是問給你的夢想，更教人百感交集。會是想成為飛機師嗎？想當上一個濟世為懷的醫生嗎？想令父母享福嗎？當輸入答案後，屏幕顯示出「密碼錯誤」，你黯然，良久無語，原來自己忘記的，不只是密碼，還有塵封的夢想。

異地的柚子茶

走在首爾麻浦區的街頭，滿地黃葉，像鋪上一條長長薄薄的黃地氈。輕力踢起幾片葉，踢走深秋，迎來初冬。

室外氣溫只得零度，寒風吹得人把衣領拉得更高，如果這時能有一杯熱飲暖胃，你說多好。

就在不遠處，只見有兩名韓國大媽，在路邊擺街檔。兩張小摺檯，上面鋪了一張碎花檯布，再放置一個大型電子熱水器。其中一個大媽正忙於用紙杯沖柚子蜜，另一人則面帶笑容，把一杯杯柚子蜜，遞送給路過的人。

一時之間，我未弄得清是什麼回事，但戒備信號馬上在心中亮起。畢竟防人之心不可無，怎會有咁大隻蛤乸隨街跳呢？更何況人生路不熟，還是便宜莫貪。

當我行近她們的檔口，我刻意低下頭，避免有眼神接觸，以防墮入街頭騙案陷阱。

誰知那個大媽非常熱情，主動走到我面前，遞上冒着熱騰騰蒸氣的柚子茶。如果我飲了，一陣會不會「老屈」我，要收五百元一杯呢？在柚子茶裏，會不會落了迷魂藥，令我之後迷迷糊糊，乖乖地交出銀包呢？

正在猶豫之際，只見有兩三個途人主動上前索飲柚子茶，一飲而盡後，便轉身離去，沒有付錢，看來不似做媒，令我登時信心大增。好啦！飲就飲啦，見天氣咁凍，鼻水已猛流了。

我邊飲邊跟大媽攀談，才知他們是基督徒，見到天氣寒冷，於是自發到街頭，免費贈飲熱辣辣的柚子茶，為陌生人送暖。我愈聽愈慚愧，當初竟以小人之心，度君子之福。在爾虞我詐的世界，還是有很多天使被派來人間，源源送上愛。

久違的問候

在大時大節，你是不是收到一百幾十個電話短訊，祝你快樂？有些是一張硬照，有些是動畫短片，有些是簡單一個emoji公仔。

雖然內容來來去去都是預計得到的吉祥語，但在節慶的日子，見到這些充滿正能量的祝福，心中還是滿滿的感恩，彷彿渾身都是朝氣。

在芸芸短訊中，你可會發現，有些久違的朋友，明明沒見多時，對上一次的通訊，可能已是一年前的同樣問候。但在去舊迎新的時刻，他竟然還記得你，向你送上幾句祝福、一個恭賀新禧的動畫，至少也證明，你在他的心裏，還佔了某一個位置。

收到「叮叮」一聲的短訊提示，打開一看，啊！竟是他這個稀客！思潮不禁把你推到回憶的書櫃前，拿出舊片段重溫。

有段日子，你和他經常見面，無所不談，無保留地交心，可以煲幾小時電話粥，可以放心地在他面前痛哭。

每當到外地旅遊時，看到名勝紀念品，你第一個便會想起他，「如果送給他放在家裏，他一定可以發個甜夢呢！」一人在彼邦，心早已飛到他的身邊，形影不離。

只是在漫長的生命之旅，不是每一行足印，都可以並肩行到最後。有些人會像風中的蒲公英，各飛遠方，慢慢淡出你的天空。

若干年後，他也許會忽然掛念你，趁新年的氣氛正濃，借emoji的公仔寄意，問候你近況可好，想像你別後多年的模樣。教你積雪已深的心頭，又再捲起一場風花。

難得一知己

人生，總有離散。相交越久，越難捨得。

尤其是老人家，每隔一陣子，會收到親友離世的消息，黯然神傷，唏噓滿懷，恍如排着隊步向天堂報到。誰先誰後，已無差別，因為人人都會有這一天的來臨。

八十七歲的余慕蓮，最近一次最情動的淚水，是為了鄰居吳太而流。「吳太死咗呀！嗚嗚！」我接到她的來電，電話筒傳來傷心欲絕的哭聲，我一時不知如何安慰。

因為心如刀割，難離難捨，所以流淚，特別是從老人家的眼角流下來，最教人動容。

余慕蓮和吳太，相識了四十年。當年吳太在平安夜搬入旺角的寓所，余慕蓮則在元旦入伙，從此成為好鄰居。

知道余慕蓮獨居，吳太經常煲湯煮餸，都會預多一份給余慕蓮。有時也會邀請她到家中作客，一起吃團年飯。

每年冬天，吳太會炮製余慕蓮至愛的羊腩煲。「有一年我冇煮到，佢就鬧鬼我做咩唔煮羊肉俾佢食，成個大細路。」

同心同行，余慕蓮將屋企鎖匙，配多條給吳太好作照應。「有時我煲咗糖水，會在雪櫃門貼一張便條，提醒佢記得食。」吳太的關懷，讓余慕蓮感到愛。

「佢住醫院時，瘦到得番八十幾磅，我要煲多啲湯水等佢肥番。」吳太視她如家人，噓寒問暖，「有時我會揿下佢門鐘，怕佢一個人喺屋企暈低咗冇人知。」

誰知吳太因為感染新冠肺炎，住院幾天後便離世，走得突然，來不及道別。

「以前我靠佢照應，而家就要靠自己。」余慕蓮提起吳太，無限感慨。世界上最遙遠的距離，是她明明住在隔鄰，卻永遠再也見不到。

人生上河圖

風蕭蕭兮，憶遠年北宋江山如畫，一時多少豪傑，東坡柳永清照，筆墨起風雲，詞留千古情。

汴京都邑，市郊風光，阡陌縱橫，落霞孤鶩，疏林薄霧。汴河兩岸，車水馬龍，商旅穿梭，行人爭道，毛驢進城，漕船擺渡，盛世昇平，一片繁華。

能留墨於名畫《清明上河圖》，又豈只是汴水秋月？尋常百姓，萬般心情。橋上閒人看風景，橋下書生趕科場；簷前巧婦望夫歸，客棧劍客杯莫停。

滾滾逝水，悠悠千年，今看香江花月，此時此處此模樣。維港兩岸，人面桃花，移居彼邦，夜機送走幾多離愁？

飛鴿換成手機，騾馬進化成寶馬，石屎森林，廢氣毒疫，焉能復有思古幽情？

遙望豪宅高聳入雲，蟻民只能遠觀，駟馬也難追其樓價，苦哉！

色慾都市，各自逍遙。橋上情人吻下來，橋下馬迷豁出去；街頭有人獨對愁水，街尾兩老笑看繁花。

處身人生上河圖，你會是潑墨而成的傲雪寒梅，還是穿梭商道的垂頭牛馬？

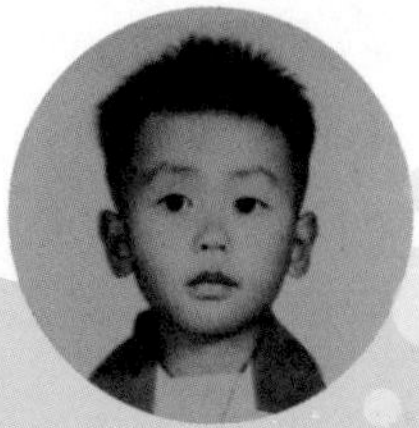

作者簡介

記得小學時，還未有大近視，閒暇的日子，我最愛看童話故事。青蛙到底可否變回王子？吃了毒蘋果的白雪公主有無得醫？賣火柴的女孩點解孤苦沒靠倚……

童年如斯，樂天幼稚，時常追問媽媽結局為何會是這樣子。一個個故事，令我學懂一點點人生小意義。

上了中學的我只是個書獃子，棄揀理科專攻文史，沉醉於唐詩和宋詞。其時，我一面背誦一面狐疑，一首絕律詩區區二、三十字，竟能道盡愛國愁思懷人情意，如此才高怎樣才可以？

於是，我嘗試做個效顰東施，學人寫寫新詩，還記得處男作寫於中一時，題材是關於父母恩的故事。

久而久之，我愛上了寫詩。哪怕是寫芝麻綠豆的瑣事，或者借物寄相思，我漸漸習慣把埋藏的心事，化作文字，記下青蔥歲月的二三事。

踏足社會時，開始發覺身邊的同事，都愛看動人愛情故事，不禁令我三思，寫新詩是否不合時宜？一張張原稿紙，開始寫下散文的味兒。

工作多年開始懂事，媽媽有時會跟我傾訴心事，說起她當年原是含着金鎖匙，卻下嫁了爸爸這個窮小子，樂有時，苦有時，人生在世知何似？媽媽總是感慨地告之，他日如果我有閒時，可以替她寫本自傳故事，當中的眼淚從來無人知。

我這個犬兒，一直在心中留住媽媽的遺志，可惜她早已把身世帶進墳裏化作歷史。

數數手指，我推出個人著作已是廿七年前的事，累計十多本著作都是訴說別人的故事，其實書中我每寫一個字，都會想起媽媽的影子。她從我小時，已常常教我要做好人好事，今天我常把這哲理意思，滲進所寫的文字。更創辦慈善組織「有艇搭」行善明志。媽媽永遠都是長駐我心的守護天使，媽媽你可會知？

我這個名叫黃庭桄的小子，現任副社長於《東周刊》辦事，著作計有——余慕蓮傳記《我是一條豆角》、陳方安生傳記《盡付笑談中》、鍾鎮濤傳記《麥當勞道》、鄺美雲愛犬扎記《Cash Happy Book》、沙士紀實《香港還有英雄》、哲理文集《人生何處不laughing》、《終於在眼淚中明白》、《每一本火腩飯都是歷煉》、《潮爆神獸卡》等等十多本書，希望總有一本你會鍾意。

書名：船行八達通
作者：黃庭桄
封面設計：旨喬
版面設計：旨喬
出版日期：2024 年 7 月
國際書號：978-962-348-550-0
售價：HK$120

出版總監：梁子文
責任編輯：陳珈悠
出版統籌：何珊楠
承印：嘉昱有限公司

出版：星島出版有限公司
地址：香港新界將軍澳工業邨駿昌街 7 號星島新聞集團大廈
電話：2798 2579
電郵：publication@singtao.com
網址：www.singtaobooks.com

發行：泛華發行代理有限公司
電郵：gccd@singtaonewscorp.com
網址：www.gccd.com.hk